현대 소환술사

THE MODERN SUMMONER

현대 소환술사 7

현윤 퓨전 판타지

초판 1쇄 찍은 날 § 2015년 10월 22일
초판 1쇄 펴낸 날 § 2015년 10월 29일

지은이 § 현윤
펴낸이 § 서경석

편집책임 § 이재림

펴낸곳 § 도서출판 청어람
등록번호 § 제387-1999-000006호
등록일자 § 1999. 5. 31
어람번호 § 제1-2268호

주소 § 경기도 부천시 원미구 부일로 483번길 40 서경B/D 3F (우) 420-822
전화 § 032-656-4452 팩스 § 032-656-4453
http://www.chungeoram.com
E-mail § chungeorambook@daum.net

ⓒ 현윤, 2015

ISBN 979-11-04-90481-3 04810
ISBN 979-11-04-90241-3 (세트)

현대 소환술사

THE MODERN SUMMONER

FUSION FANTASTIC STORY

현윤 퓨전 판타지 소설

7

도서출판 청어람

CONTENTS

제1장

달갑지 않은 손님

　중국 고비산맥의 중턱, 강수는 200명의 히트맨과 함께 그들이 만든 고비산맥 마지막 지구를 바라봤다.

"으음… 좋군!"

"한국 토종 물고기들이긴 합니다만, 치어들이 제법 자리를 잘 잡아 가는 것 같습니다. 이 정도면 생태계 조성에도 문제 없어 보입니다."

"그래, 수고했다."

"감사합니다!"

　그들은 이제 온전히 강수의 심복들이 다 되었는데, 이 중에서 강수가 가장 신봉하는 사람은 다름 아닌 다니엘이었다.

다니엘은 고비산맥 증축을 자신의 손으로 마무리한 후, 그것을 강수에게 선보이고 있었다.

강수는 오크들이 아닌 사람들의 손으로 만든 고비산맥과 고비 강 유역이 상당히 마음에 들었다.

오크나 고블린은 인간에 비하면 작업 속도가 월등히 빠르지만 인간에 비해 그 창의성과 정교함이 많이 떨어지는 편이다.

그 때문에 강수는 수시로 공사 현장을 시찰하며 일일이 잘못된 부분을 지적하고 새롭게 공사해야 할 부분을 찾아내곤 했다.

하지만 다니엘이 합류한 이후로는 인간 특유의 조형미가 점차 녹아들었고, 시간이 흐를수록 강수가 신경 써야 할 일은 계속해서 줄어들게 되었다.

때문에 강수는 고비산맥에 조금이나마 신경을 덜 쓸 수 있게 되었다.

강수는 다니엘의 어깨를 두드리며 말했다.

"네가 수완이 좋구나."

"과찬이십니다!"

"사람의 손으론 꽤나 힘든 작업이었을 텐데 잘해 주었어."

"감사합니다!"

이제 강수는 자신이 앞으로 나아갈 방향에 대해 연설하기 시작했다.

"잘 들어라! 이제부터 우리는 루한스 금융을 인수하기 위한 작전에 돌입한다! 다들 익히 알고 있겠지만, 루한스 금융은 제이스틴의 자금줄이나 마찬가지다! 우리가 루한스 금융을 인수하게 되면 제이스틴과는 전쟁을 벌여야 할지도 모른다! 만약 두렵다면 당장 도망가도 좋다! 하지만 두려움을 극복하고 이 큰 산을 넘고 난 후 너희는 그 영광을 고스란히 돌려받게 될 것이다!"

"명령만 내려주십시오! 최선을 다하겠습니다!"

온전히 강수의 사람들로 변화한 제이스틴의 히트맨들은 이제 곧 영국으로 건너가 차근차근 회사를 인수하기 위한 작업에 착수하게 될 것이다.

그런 이후에는 루한스 금융에 속한 자금줄을 쥐고 흔들어 제이스틴을 강수의 것으로 만드는 것이 최종 목표였다.

하지만 그전에 이들이 해야 할 우선 과제가 남아 있었다.

"하지만 그전에 우리가 해야 할 일이 하나 더 남았다."

강수는 고비산맥 마지막 구역인 제25지구를 가리키며 말했다.

"사람은 자고로 의식주를 해결해야 살아갈 수 있다. 어차피 너희들은 영국으로 지금 당장 돌아가 봐야 지낼 곳도 없을 것이고 애초에 나는 이곳에 너희를 수용하기로 약속했다. 하여, 나는 이곳에 집을 짓고 사람이 충분히 살 수 있는 기반 시설을 확충할 생각이다. 물론, 그 모든 것은 너희 스스로가 해나가야 할 것들이고 말이야."

"저희가 살 땅이 바로 이곳이었단 말입니까?"

"뭐, 그렇다고 할 수 있지. 그러니까, 한마디로 너희들은 자신들이 각자 살 곳을 미리 닦아둔 것이라고 볼 수 있다."

"그러한 뜻이……!'

강수는 다니엘에게 제25지구의 지도를 건네며 말했다.

"집은 1인당 200평 부지에 30평까지 지을 수 있도록 한다. 이제부터 다니엘, 너는 이 지도를 가지고 부하들과 함께 25지구를 차례대로 순찰해라. 그리고 각자 마음에 드는 땅을 골라서 집터를 잡을 수 있도록."

"예, 보스!'

다니엘은 히트맨들을 데리고 25지구 경계선으로 향했다.

＊　　　＊　　　＊

다니엘은 24지구와 25지구의 사이에는 꽃밭이 조성되어 있기 때문에 주변에 공원을 지으면 아주 좋은 경관이 펼쳐질 것이라 생각했다.

때문에 꽃밭이 있는 곳에서 상당히 멀리 떨어진 곳에서부터 땅 배정을 시작했다.

"땅을 고르는 방법은 간단하다. 자신이 원하는 곳을 골라 푯말을 꽂으면 된다. 그러니까, 그냥 그 땅이 마음에 드는 사람들끼리 상의해서 잘 조율하면 될 것이다."

"예, 보스."

히트맨들은 각자가 마음에 드는 땅의 위치를 지도에 표기하여 거대한 지표를 만들고, 이곳에서 중복되는 지역의 사람들은 당사자들의 의견을 조율해서 땅을 분배하기로 했다.

200명의 히트맨은 각자의 푯말을 들고 25구역을 천천히 시찰했다.

다니엘 역시 자신이 살 집을 어디에 지으면 좋을지 고민하느라 한창 머리를 굴리고 있었다. 그러다 숲의 중앙에 있는 가장 큰 나무의 옆이 좋겠다는 생각이 들었다.

"좋아, 이제부터 이곳이 나의 집이 될 것이다."

뚝딱, 뚝딱!

푯말을 박은 그는 곧 자신이 갖게 될 200평의 땅에 푯말을 박은 후에 부지를 돌며 집에 대한 청사진을 그려내기 시작했다.

"30평이라면 2층으로 15평까지 올려도 상관이 없겠군."

강수는 각자 지을 수 있는 집의 평수가 30평이라고 말했지만 그 층의 숫자가 단층이어야 한다는 소리는 한 적이 없었다. 즉, 복층이여도 무방하다는 것이다.

　다만 집을 짓는 것은 거기에 살 본인이 지어야 하기 때문에 집을 완성시킬 때까지의 모든 과정을 스스로 감내해야 한다.

　자신의 집의 청사진을 다 그려낸 다니엘은 부하들이 최종적으로 조율한 지도를 건네받았다.

　"총 200개의 가구가 생각보다 오밀조밀하게 모여 있구나. 마치 부락을 보는 것 같은 느낌이 드는군."

　"예, 보스. 그러게 말입니다."

　"이제 이곳에 집을 지으면 그림이 좀 살겠는데?"

　"앞으로 남은 것은 그 그림을 어떻게 잘 그리느냐겠지요."

　"서두를 건 없어. 천천히 하면 되는 거야."

　"예, 알겠습니다."

　다니엘은 당장 공사 장비들과 건축자재를 준비하도록 했다.

＊　　　＊　　　＊

늦은 밤 고비산맥 15지구.

한밤중이었지만 이곳에서는 진동이 일고 있었다.

쿠그그그그그그!

　이 진동은 산맥 전체가 흔들릴 정도로 강력했고, 이 영향으로 인해 몬스터들은 물론이고 히트맨들까지 잠에서 깨어났다.

오크 부족의 숙소에서 잠을 자고 있던 크룩은 크룩투의 보고를 받고선 이내 자리에서 일어났다.

"크룩! 조, 족장님, 큰일입니다! 15지구에서 지진이 일어났습니다!"

"아니, 그게 무슨 소리냐! 멀쩡한 산맥에 지진이 왜 일어나?"

"크룩, 저희로선 그 원인을 알 수가 없습니다! 일단 직접 사태를 보시고 마스터께 진언하시는 것이 옳은 것 같습니다!"

크룩은 잠자리에서 일어나 곧장 15지구로 향했다.

"차를 대기시켜라! 금방 가겠다!"

"크룩, 예!"

그는 산악용 SUV에 몸을 싣고 크룩투와 함께 현장으로 이동했다.

부아아아아아앙!

고비 강 유역에 나 있는 도로를 따라서 차를 몬 크룩은 저멀리 보이는 푸른색 빛무리를 목격할 수 있었다.

쿠그그그그그!

순간, 그는 저것이 무엇을 의미하는지 어렵지 않게 알 수 있었다.

"마, 마나폭발!"

"크룩, 마나폭발이라니요? 그게 뭡니까?"

"대기 중의 마나가 불안정해서 일어나는 일종의 자연재해

다! 마나폭발이 일어나게 되면 우리가 이뤄놓은 모든 것이 쑥 대밭으로 변해버릴 것이다!'

"크훅! 그런……!"

"지금 당장 마스터께 연락을 취해야겠다!"

"예, 알겠습니다!"

이윽고 크룩은 크룩투가 건넨 핸드폰을 들고 강수에게 전화를 걸었다.

강수는 크룩이 전화를 걸자마자 곧바로 이 일에 대한 얘기부터 꺼냈다.

"마스터, 접니다!"

ㅡ그래, 소식은 들었다. 마나폭발이 일어나고 있다고?

"예, 그렇습니다! 아무래도 잘못하면 고비산맥 전체가 날아갈 수도 있겠습니다!"

ㅡ이런… 그래, 알겠다. 지금 당장 아르테미스와 함께 그곳으로 가지.

"예!"

크룩은 일단 임시방편으로 마나폭발을 진정시키기 위해 랄프에게 연락을 취했다.

"랄프 님, 크룩입니다!"

ㅡ크룩… 무슨 일인가?

"지금 15구역에서 마나폭발이 일어나고 있습니다! 빨리 이

쪽으로 오셔야겠습니다!'

　―뭐, 뭣이?

　랄프는 깊은 잠에 빠졌었는데, 지진의 여파로 반쯤 잠에서 깨어난 상태였다. 그렇기 때문에 지진이 일어났다는 것만 인지했을 뿐이었고, 마나폭발에 대한 것은 아무것도 모르고 있었다.

　하지만 소식이 전해지자마자 정신이 번쩍 든 그는 숙소를 떠나 곧장 현장으로 달려갔다.

　부아아아아앙, 끼이이익―!

　크룩과 크룩투는 랄프를 향해 깊이 고개를 숙였다.

　"오셨습니까?!'

　"그래, 야밤에 이게 무슨 일인지 모르겠군!'

　"일단 현장을 직접 보셔야 할 것 같습니다! 사태가 심각한 것 같습니다."

　랄프는 자신이 직접 발명했던 마나농도 측정기를 가지고 15구역의 폭발지점을 향해 다가갔다.

　마치 전류계처럼 생긴 마나농도 측정기는 원래 마나온천을 발굴하기 위해 만들었던 장비다.

　그렇기 때문에 이렇게 마나폭발을 진단하는데 사용하게 될 줄은 꿈에도 몰랐던 랄프였다.

　삐비비비비빅―!

마나농도 측정기의 눈금은 전원을 켜자마자 요동을 치기 시작했고, 랄프는 자신의 예상보다 훨씬 더 상황이 심각하다는 것을 알 수 있었다.

"마나의 불안정이 상상 이상이다! 평균 수치의 무려 150배나 되는군!"

"허, 허억! 그, 그럼 이젠 어찌해야 합니까!"

"하는 수 없지. 일단 엔트들을 이곳으로 옮겨 바리케이드를 치는 수밖에."

"엔트들 만으로 바리케이드가 되겠습니까?"

"피해를 절반 정도는 줄일 수 있을 것이다. 그렇게 되면 최소한 고비사막 전체가 뒤집어지는 일은 없겠지."

"흐음……"

"아무튼 지금 당장 산맥 전역에 있는 성목급 이상 엔트를 모두 이곳으로 모아오도록 해라!"

"예, 알겠습니다!"

크룩은 하이오크와 하이고블린들을 모두 집합시켜 엔트들을 이곳으로 데리고 오라고 지시했다.

*　　　*　　　*

거대한 엔트들이 한자리에 모인 광경은 그야말로 기이한

절경이라고 할 만했다.

각각 다르게 생긴 나무들이 산맥 이곳저곳에서 걸어 나와 군집을 이룬 것은 쉽게 구경할 수 없는 일이기 때문이다.

다니엘은 느릿느릿하지만 강단이 있는 엔트들의 걸음을 바라보며 연신 감탄사를 연발했다.

쿵쿵쿵—!

사락, 사락—

"엄청나군… 저런 거대한 괴물들과 싸우려 했다니, 애초에 우리가 멍청해도 너무 멍청했군."

"그러게 말이야……."

제이크와 다니엘은 오크들에게 덤볐던 것은 물론이요, 엔트들과 싸워 이길 수 있다고 생각했던 자신들의 경솔함을 뉘우칠 수밖에 없었다.

그들이 먼발치에서 엔트들을 지켜보고 있던 가운데, 저 멀리서 아르테미스를 탄 강수가 날아오고 있었다.

쐐에에에에에엥!

"보스께서 오십니다!"

두 사람은 날아가던 강수에게 깊이 고개를 숙였고, 그는 찰나의 순간에도 살짝 손을 들어 그들에게 화답했다.

그러면서 그들에게 무언가 작은 돌멩이 같은 것을 던졌다.

툭.

"이게 뭐지?"

"돌멩이에 종이를 둘둘 말아놓은 것 같은데?"

다니엘은 강수가 건넨 돌멩이 겉면에 실로 꽁꽁 묶여 있던 종이를 풀어 그 안의 내용을 살펴보았다.

지금 당장 부하들을 이끌고 고비 강 유역 끝자락에 있는 지하 창고로 대피해라. 잘못하면 핵폭발에 버금가는 자연재해가 일어날 수도 있다.

편지를 모두 읽은 다니엘은 그것을 제이크에게 보여주었고, 두 사람은 한동안 아무런 말없이 서로를 바라보았다.

그리곤 이내 누가 먼저랄 것도 없이 숙소를 향해 달리기 시작했다.

"젠장! 이게 무슨 날벼락이지?"

"일단 가용할 수 있는 트럭을 전부 다 동원해서 탈출을 감행하자고!"

"무조건 동의한다!"

두 사람은 간밤이 잠을 설치고 있을 부하들에게로 향했다.

＊　　＊　　＊

강수는 15구역에서 벌어진 마나폭발 현상이 핵폭발에 버금갈 정도로 심각한 폭발을 일으킬 정도로 위험한 상황은 아니라고 진단했다.

그는 지금 이 상황을 단 한마디로 정의했다.

"마나폭발 현상이 아니라 마나폭주 현상이다."

"마나폭주 현상이요?"

"가끔 한 지점을 통해 마나가 너무 많이 유출되면 마나의 폭주현상이 일어나곤 하지."

"그렇군요. 헌데, 왜 하필이면 이곳에서 마나가 폭주하는 현상이 일어난 것일까요?"

"흠……."

랄프는 자신의 지식을 모두 총 동원하여 마나의 폭주현상에 대해 되짚어본다.

"마나의 폭주현상은 보통 아주 강력한 힘의 이동이 벌어졌을 때 나타나게 된다. 이를 테면 드래곤 하트의 폭발이나 대륙의 이동 같은 것을 예로 들 수 있겠군."

"대륙의 이동이라, 그건 너무 신빙성이 없군."

"그렇다면 드래곤 하트의 폭발인데, 이미 그건 레비로스의 심장에 있지 않나?"

가만히 생각에 잠겨 있던 강수, 그는 이내 또 한 가지의 결론에 도달한다.

"아니, 또 하나의 경우의 수가 더 있어."

"또 하나의 경우의 수?"

"바로 차원이동이다."

"차원이동?!"

"누군가의 소환에 의해서 일어나는 차원이동이 아니라 시공간의 불균형으로 벌어진 차원의 틈으로 엄청나게 많은 인원이 몸을 밀어 넣는다면 이처럼 심각한 마나의 폭주현상이 일어날 수도 있다."

"그렇다면 누군가 지금 이곳으로 차원이동을 시도하고 있다는 뜻인가?"

"뭐, 그렇게 되겠지?"

"도대체 누가……."

랄프는 지구라는 차원으로 이동해 올 누군가가 궁금해졌고, 강수 역시 그랬다.

하지만 바로 그때, 그 두 사람의 궁금증을 속 시원하게 해결해 줄 누군가가 모습을 드러냈다.

꿀렁~

마나의 폭주가 일어나고 있던 현장에 공간의 왜곡이 일어나더니, 이내 한 여자가 홀연히 모습을 드러냈다.

강수와 랄프는 그녀의 얼굴을 확인하더니, 이내 아연실색하고 말았다.

"네르샤?!"

"…하아, 하아! 드디어 성공이군!"

거무튀튀한 피부색과 붉은색 눈동자, 그녀는 분명 다크엘프 장로 네르샤였다.

그녀는 강수와 랄프를 바라보며 슬그머니 미소를 지었다.

"후후, 오랜만이지?"

"네, 네가 어떻게 이곳까지…….."

"나를 피해서 과연 어디까지 도망갈 수 있을 것이라고 생각했나?"

랄프는 슬금슬금 뒷걸음질을 쳤고, 강수는 거의 패닉상태에 놓이고 말았다.

"…젠장! 어쩐지, 멀쩡한 마나가 갑자기 폭주를 한 이유가 바로 여기에 있었군!"

"나는 죽음을 뚫고 이곳으로 왔다."

네르샤는 자신의 길고 날카로운 손톱을 강수에게 내밀며 말했다.

"분명 내가 말했을 텐데? 너는 앞으로 나의 성노가 될 것이라고."

"……."

그녀는 강수가 엘프이던 시절에 숲의 서쪽을 지배하던 세력의 수장이었다.

어린 강수는 숲에서 죽을 고비를 수 백 번도 더 넘겼는데, 그중의 2할은 그녀와 다크엘프들의 짓이었다.

그들은 엘프라면 거의 경기를 일으킬 정도로 싫어했지만, 유독 강수만은 달랐다.

그가 가진 역량은 후대에 다크엘프들이 번성하는데 중요한 열쇠가 될 것이라 생각했던 것이다.

하여, 네르샤는 레비로스가 아주 어렸을 때부터 그를 생포하여 노예로 사용하려 했다.

하지만 어린 레비로스는 특유의 기지를 발휘하여 그녀와 마주할 때마다 이리저리 도망을 다녔다.

때문에 그녀는 레비로스가 최강의 생명체가 될 때까지 그를 사로잡지 못했던 것이다.

그러나 그녀는 레비로스에 대한 집착을 여전히 버리지 못했던 모양인지 무려 차원을 넘어 그를 찾아왔다.

"도대체 이 순간을 얼마나 기다렸는지 너는 모를 것이다! 최강의 생명체와의 교배라니, 이 얼마나 가슴 떨리는 일이란 말인가?"

"…짐승같이 행동하는 것은 여전하군."

"후후, 사람이 어디 그리 쉽게 변하던가? 혹자가 말했지. 사람이 하루아침에 변하면 죽는다고 말이야."

"넌 이제 죽어도 괜찮을 것 같은데, 아닌가?"

"이런… 그렇게 말하면 서운하지!"

이윽고 그녀는 흑마법의 시동어를 외치며 강수를 덮쳤다.

―어둠의 계약자를 소환한다, 블랙 소드!

챙!

흑마법 중에서도 흑정령 마법과 사령술을 익힌 그녀는 뼈와 피로 이뤄진 잔혹한 마법을 사용했다.

그러니까, 한마디로 물질계에 존재하는 것을 제외한 그 어떤 것이라도 소환이 가능하다는 소리였다.

그녀는 고대 마왕의 뼈로 이뤄진 블랙 소드를 소환하여 강수를 공격해 왔다.

부웅!

까앙!

"크흑!"

강수는 고룡의 이빨로 만들어진 검을 이용하여 그녀의 검을 가까스로 막아냈지만, 그 심장에서 뿜어져 나오는 엄청난 사기를 감당할 수는 없다고 판단했다.

―끼에에에에엑!

"여전히 더러운 년이군!"

그는 자신의 손에 아이스골렘의 심장을 소환했다.

쿠그그그그그!

"이거나 먹어라!"

좌자자자자작!

혹한의 얼음으로 만들어진 아이스골램이 만들어낸 아이스랜스가 수만 갈래로 돋아나 그녀를 공격하기 시작했다.

그러나 그녀는 이것을 너무나 쉽게 무마시켜 버렸다.

"후후, 그 힘이 아주 많이 경감되었다고 하더니… 정말인 모양이군!"

블랙 소드의 검신에 잠들어 있던 마왕의 심장이 내뿜는 검은 화염이 아이스랜스를 단 일수에 녹여버린다.

고오오오오오, 화르륵!

"크윽!"

"자, 이제 더 이상 반항하지 말고 나에게 오는 것이 어때?"

"싫다, 이 빌어먹을 할망구야!"

"…할망구라니. 그래도 다크엘프 중에선 여전히 청춘이란 말이야. 숙녀에게 할망구는 너무한 것 아닌가?"

"숙녀는 개뿔, 멀쩡한 사람을 잡아다 부족의 종마로 사용한다는 것이 말이나 되는 소리냐!"

"후후, 누이 좋고 매부 좋은 일이다. 너 역시 평생 짝짓기만 하고 살면 좋지 않겠어?"

"미쳤군……!"

강수는 어린 시절, 그녀의 손에 이끌려 부족의 기둥서방으로 팔려간 키메라를 본 적이 있었다.

그는 반용족의 피에 엘프족의 피가 섞인 혼혈이었는데, 아힌리히트가 특별히 발록의 심장을 흡수시켜 주었다.

덕분에 그는 간단한 용언과 정령마법, 그리고 화염의 마법을 사용할 수 있었다.

동시에 세 가지의 능력을 사용한다는 것은 실로 대단한 일이었기에 숲의 판도는 서서히 바뀔 것으로 보였다.

하지만 다크엘프들은 사술로 그를 억압하여 단 일격에 모든 마법을 무력화시켰다.

그리곤 그를 오리하루콘으로 만든 쇠사슬로 묶어 감옥에 가두고 죽을 때까지 성관계를 시키도록 했다.

그는 죽는 순간까지 몸속에 남아 있는 정액을 쪽쪽 빨려 거의 뼈만 남은 생태였다.

강수는 그날 이후로 다크엘프들이 얼마나 잔혹하고 엽기적인지 너무나 잘 알았다

그렇기 때문에 그녀의 손에 이끌려 가는 것만큼은 기를 쓰고 피해 다니고 있었던 것이다.

이제는 그녀와 싸워도 충분히 자웅을 겨룰 수 있을 만큼 강력해졌으니, 그녀를 피해다닐 필요는 없을 터였다.

그러나, 그녀는 강수를 사로잡기 위해 상상을 초월하는 짓을 했다.

"네가 이렇게 나올 줄 알고 내가 재미있는 것을 준비했다."

"……?"

"왜 이렇게까지 심각한 마나의 폭주가 일어났는지 궁금하지 않아?"

"서, 설마……."

"후후, 잘 봐라!"

그녀는 블랙 소드로 공간에 상처를 냈고, 그 공간으로 다크엘프 무리가 쏟아져 나오기 시작했다.

끼이이이이이이잉!

"지구다! 이곳이 바로 지구야!"

"좋아, 이제 드디어 우리 종족이 번성할 수 있는 기반을 마련하게 된 것이다!"

"이, 이런 미친?!"

그녀는 자신이 이끌던 다크엘프족의 모든 일원을 지구로 옮기기 위한 차원이동을 시도했던 것이었다.

덕분에 지금 이곳에는 무려 2,000명도 넘는 다크엘프가 차원의 틈을 뚫고 나오고 있었다.

강수는 자신의 부하들을 총 동원하여 그녀를 막아내기로 결심했다.

"엔트들은 이놈들이 빠져나갈 수 없도록 바리케이드를 쳐라!"

─알겠다.

쿠그그그그극!

무려 500마리의 엔트가 땅바닥에 단단히 뿌리를 박았고, 그 뒤로 2,500마리의 오크가 줄을 지어 달려왔다.

"크룩, 크룩!"

"키헤에에엑!"

"전열을 가다듬어라! 이놈들이 우리의 터전을 망치도록 내버려 둘 수는 없다!"

"크룩, 예, 마스터!"

몬스터들의 중간에는 200마리의 헬하운드도 섞여 있었고, 하늘에는 아르테미스가 위치해 있었다.

―명령만 내려라! 모두 다 쓸어버리겠다! 악의 종족들!

만발의 준비를 모두 마친 강수였지만 2,000명이 넘는 다크엘프 무리를 막아내는 것이 결코 쉽지는 않았다.

"후후, 산 것들이 죽은 것들을 이길 수 있을 것 같은가!"

다크엘프들은 각자 계약한 죽음의 정령에게서 얻어낸 사기를 대지에 흩뿌렸다.

―끼아아아아아아앙!

"으윽!"

"고, 고막이 찢어질 것 같군!"

"제기랄! 놈들은 지금 지하에 잠들어 있던 시체들을 이용하여 군대를 조직할 것이다! 모두들 방어진을 구축해!"

좌라라라락!

몬스터들은 강수의 명령에 가검을 날카롭게 갈아 만든 무기를 들고 육탄방어를 펼칠 준비를 했다.

그리고 방패와 검을 든 그들의 뒤로 현대 모의전에서 사용하던 무기에 실탄을 장전한 부대가 자리를 잡았다.

철컥!

"발사를 명령해 주시면 곧장 쏘겠습니다!"

"알겠다! 대기하라!"

순식간에 벌어진 대치, 하지만 그 균형은 순식간에 무너지고 말았다.

우드드드득!

"끄어어어어어……!"

"어, 언데드?!"

"크하하하! 망자들아! 이놈들을 모두 다 쓸어버려라!"

"끼아아아아아악!"

땅속에서 솟아난 좀비와 구울, 스켈레톤들은 아무리 적게 잡아도 1만이 넘어 보였다.

이 많은 시체들을 도대체 무슨 수로 막아낼지 막막했으나, 강수의 전력도 그리 녹록치는 않았다.

"발사!"

두두두두두두!

"크헉, 크헉, 크헉!"

"수류탄 투척!"

콰앙!

강수는 자신이 가진 모든 병력을 동원하여 언데드와의 전쟁을 펼치기 시작했다.

챙!

"돌격!"

"와아아아아아!"

지금까지 쌓아두었던 모의전투의 경험이 빛을 발하는 순간이었지만, 언데드들은 계속해서 그 숫자를 늘려나가고 있다.

우드드드드득!

강수는 그 모습에 말복이의 등에 올라타 적진의 중앙을 향해 달리기 시작했다.

"사령술사들을 제거해야 한다! 쳐라!"

쾅쾅쾅쾅!

방패를 든 병력의 돌진에 언데드들은 저만치 날아갔다.

하지만 언데드의 숫자가 워낙 엄청나다 보니 언데드 진영을 뚫어내는 것은 결코 쉬워보이지 않았다.

하나 제공권을 장악한 아르테미스가 있었기에 전투는 점점 강수의 쪽으로 기울고 있었다.

"후우우욱, 크아아아아아앙!"

그린 드래곤의 포이즌 브레스가 스친 곳에는 어김없이 힘을 잃은 언데드들의 잔재가 나뒹굴었다.

이번에 그녀는 다크엘프 사령술사들이 있는 진영에 직접 브레스를 날리려 했다.

하지만 그 짧은 사이에 다크엘프 사령술사들은 곧장 그녀를 상대할 만한 대안을 만들어냈다.

"날아라, 본 그리핀!"

—끼에에에엑!

그리핀의 시신을 이용해 만든 본 그리핀은 가공할 만한 전투력을 가지고 있기 때문에 성체 드래곤들도 성가셔하는 몬스터들 중에 하나였다.

헌데 그 숫자가 무려 200이나 되니, 아무리 아르테미스라고 해도 쉽사리 승전을 예상할 수가 없었다.

"…빌어먹을 자식들! 도대체 이 많은 본 그리핀은 언제 만들어 둔 것이지?"

"후후, 네가 우리의 공간에서 사라진 이후부터 꾸준히 준비를 해왔다! 자, 이제 네년을 사로잡아서 본 드래곤을 만들어주마!"

"젠장!"

아르테미스의 지원이 없어지고 나자, 언데드의 군대의 기세가 되살아나기 시작했다.

"끄어어어어어!"

퍽퍽퍽!

"크흑! 숫자가 너무 많습니다!"

"마스터! 일단 후퇴하는 것이 어떻겠습니까!"

"그럴 수는 없다! 이놈들이 고비산맥을 점령하게 되면 과연 어떤 사태가 벌어질 것 같은가!"

"하지만……!"

"죽을 때까지 싸운다! 우리는 고비산맥의 주인이야! 주인이 집을 버리는 경우를 보았나?'

"…알겠습니다. 죽을힘을 다해 싸우겠습니다!"

그렇게 몬스터들과 함께 언데드를 꾸역꾸역 막아내던 강수에게 갑자기 한줄기 빛이 내려오기 시작했다.

우우우우우웅―!

"신성마법?'

전투가 한창 벌어지던 현장의 하늘에서 불현듯 한 무리의 여성들이 쏟아져 내려왔다.

지이이이잉―!

그녀들은 흰빛 줄기를 뚫고 지구에 안착했는데, 대략 2천 명 정도의 인원으로 보였다.

"이힝힝!"

"페, 페가수스!"

페가수스를 탄 그녀들은 하나 같이 순백색 검과 방패를 들고 있어, 마치 하늘에서 내려온 천군을 보는 것 같았다.

강수는 그들이 어떤 존재인지 알아차릴 수 있었다.

"하이엘프!"

"레비로스! 우리가 당신을 돕겠습니다!"

하이엘프는 엘프 중에서도 주신교 교단의 성기사들로 이뤄진 부족이었다.

그들은 대대로 여자들로만 이뤄진 부족이었기 때문에 3천 년 전까지만 해도 대륙에선 흔한 노예 취급을 받았다.

하지만 주신교의 성기사들에게 혹독한 수련을 받고, 부족 전체가 성기사로 거듭나면서부터는 가공할 만한 세력으로 급부상했다.

여전히 부족에 남자들은 없었지만, 여자들만으로도 충분히 외세의 침략이 대항할 수 있는 힘이 생긴 것이었다.

하이엘프족의 족장 엘루나는 화려한 갈기를 가진 페가수스를 타고 내려와 강수의 곁에 섰다.

신성력의 파장으로 인해 신비로운 외모를 갖게 된 그녀는 마치 천상의 선녀를 보는 것 같았다.

그녀는 강수에게 작금의 사태에 대해 짧게 설명했다.

"다크엘프들이 차원을 틈을 뚫고 이곳으로 내려왔어요! 지금 막아내지 못하면 차원의 틈이 붕괴되고 말아요!"

"젠장! 저년이 기어이 사고를 치고 말았군요!"

"일단 이들을 여기에 묶어두고 전선을 형성하는 편이 좋겠어요!"

"그래, 그렇게 하지!"

하이엘프 성기사들은 몬스터 군단과 함께 언데드들을 압박하여 15구역 중앙으로 그들을 몰아붙였다.

"돌격!"

"와아아아아!"

"주신에게 영광이!"

그녀들의 검에는 언데드들을 흙으로 돌려보내는 신성마법이 부여되어 있었기 때문에 전장에서 압도적인 우위를 점할 수 있었다.

하지만 여전히 다크엘프들의 저항도 만만치는 않았다.

"버텨라! 저 빌어먹을 년놈들이 붙어먹는다면, 우리에겐 미래가 없다!"

죽이려는 자와 막으려는 자, 그 두 세력이 맞닥뜨려 전선을 형성하게 되었다.

제2장
두 세력

이른 아침, 고비산맥 15구역은 이미 초토화 일보 직전에 몰려 있었다.

아스라이 태양이 떠올랐음에도 불구하고 15구역은 그 흔한 햇빛 하나 비치지 않았으며, 오로지 짙은 안개만이 가득했다.

강수는 하이엘프 성기사단장 엘레나와 함께 구축된 전선을 둘러보고 있었다.

그녀는 옅은 미소를 띤 채 강수를 바라보며 말했다.

"오랜만이군요."

"그래, 오랜만이군. 한 50년쯤 되었나?"

"아마도요."

"그동안 용케도 살아남았군?"

"…많은 일이 있었지요."

엘레나는 강수가 사라지고 난 후의 일에 대해 설명했다.

"당신이 사라지고 난 후, 루야나드에는 참으로 많은 일들이 있었습니다. 첫 번째론 엘프와 인간이 연합하여 국가를 세운 것이지요. 그렇게 되면서 우리 하이엘프와 다크엘프들은 변방의 숲과 늪지대로 쫓겨났어요. 그 이후엔 몹시도 궁핍한 생활을 이어 갔지요."

원래 아힌리히트의 레어에 머물고 있던 하이엘프와 다크엘프들은 드래곤의 공멸 직전에 레어에서 떠나 새로운 둥지를 틀었다.

물론, 다크엘프는 이때까지도 레어에서 나가지 않겠다고 버텼지만, 아힌리히트가 종의 다양성을 위해 그들을 자신의 영역에서 내쫓았다.

덕분에 강수는 자신의 심장에 그들을 속박할 수가 없게 되었던 것이다.

결론적으로 말하자면 그들이 아힌리히트를 떠난 것은 자유를 추구하는 일이 되었지만, 그와 동시에 궁핍함으로 내몰리는 사태로 번지고 말았다.

"아힌리히트의 둥지에서 살아갔던 우리는 현실에 적응하

지 못했어요. 아시다시피 그곳에선 매일이 투쟁이었고, 강한 자가 약한 자의 것을 빼앗아 살아갔으니까요. 우리 역시 투쟁의 역사 속에서 살아왔고, 그것이 몸에 밴 전사들이었어요. 헌데, 우리가 막상 밖으로 나왔을 때엔 그 어떤 무리에도 섞일 수가 없었어요. 이미 인간들은 주신교를 폐교시켜 버렸고, 성기사단은 해체된 지 오래였거든요. 거기다 인간과 엘프의 연합으로 인해 전쟁은 이미 종식되었으니, 우리가 설 자리가 없어졌지요."

"흐음, 그런 사연이……."

"그런 고로, 우리는 인간과 엘프들의 박해를 피해서 대륙 북쪽 추운 툰드라지대로 도망갈 수밖에 없었어요. 전사들인 우리를 민간인들은 꺼려할 수밖에 없었거든요."

"툰드라지대라면 몬스터들이 득실거리는 곳 아닌가? 기껏해봐야 아이스골렘들이나 트롤들밖에 살지 않은 곳인데. 채식을 하는 하이엘프가 어떻게 버틸 수 있었던 건가?"

"툰드라지대라곤 해도 풀이 나긴 나잖아요? 최대한 식량을 아껴가면서 살아갈 수 있었지요."

"…보릿고개를 넘고 넘었군."

그녀는 씁쓸한 미소를 지었다.

"그래요, 당신이 입버릇처럼 말하는 그 보릿고개를 넘었어요. 하지만 문제는 그 이후에 벌어졌지요."

"문제라?"

"바로 다크엘프들이 변방의 영지들을 점령하기 위해 군사를 일으킨 것이에요."

"그렇다면……."

"네르샤는 2천의 군사로 인간들의 영역 밖에 있는 모든 영지를 수탈하고 다녔어요. 그들 역시 투쟁에 길들여져 일반적인 방법으론 어떻게 살아가야 할지 감을 못 잡았던 것이죠."

"하여간 저 검둥이들이 문제군!"

"하지만 그 또한 아힌리히트가 공멸하면서 생긴 문제들 중에 하나일 뿐, 저들의 잘못은 아니지요."

"…성인군자 납셨군."

"후후, 하이엘프들이 다 그렇지요."

그녀는 그 이후의 전쟁에 대해서 말했다.

"다크엘프에 맞서 우리 하이엘프도 군을 편성했어요. 대략 2천의 병사가 편성되었지요. 거의 모든 구성원이 성기사였던 우리는 그들과 싸워 승승장구했습니다. 아시다시피 성과 악은 정반대의 성질을 가지고 있지만, 언제나 성이 우세를 가지죠."

"그래서 지금도 이렇게 전선을 구축할 수 있었던 것 아니겠나?"

엘레나는 강수의 가슴에 손을 가져다 대며 말했다.

"아니요, 당신이 이렇게 굳건하게 버텨주었기 때문이죠.

만약 그렇지 않았다면 지금쯤 이 지구는 저들의 세상이 되었을지도 몰라요."

"…그럴 리가 있나? 이곳의 군대가 얼마나 고강한지 몰라서 하는 소리야."

"어머, 그런가요?"

강수는 그녀가 은근슬쩍 올린 손을 치워내며 물었다.

"그나저나 저들이 어째서 이곳까지 넘어오게 된 거야? 자신들의 터전을 빼앗긴 탓이었나?"

"아니요, 그런 것은 아니에요. 그곳에서도 마나의 폭주현상이 일어났어요. 아마도 아힌리히트의 심장이 사라졌기 때문이겠죠. 아시다시피 우리는 모두 그의 권속이었잖아요? 그런데 그의 심장이 사라지고 나니, 당연히 표식이 폭주를 일으킬 수밖에 없어요."

"그래서 심장을 따라오다 보니 나를 찾아오게 되었던 모양이군."

"정확해요. 그런 이유 때문에 이렇게 된 것이지요."

"흠……."

강수는 자신의 권속이 아님과 동시에 자신의 권속이 될 수밖에 없는 사연을 전해 듣고는 깊은 고민에 빠졌다.

"협상으로 저들을 설득할 수 있을까?"

"글쎄요, 아마 네르샤라면 당신의 심장을 도려내는 편이 빠르다고 생각하지 않을까요?"

"하긴… 저 빌어먹을 할망구가 쉽사리 백기를 들 리가 없지."

"하지만 우리가 전쟁에서 이긴다면 얘기는 달라지겠죠. 아실지도 모르겠습니다만, 차원이동은 왕복이 불가능해요. 그것은 우리가 짧은 연구를 통해서 알아낸 사실이지요."

"왕복이 불가능하다라… 뭐, 절반은 맞는 말이군. 만약 내가 심장을 회복해서 아힌리히트의 레어를 재건하면 다시 고향으로 돌아가는 것도 가능할 텐데?"

"우리의 입장에서 본다면 불가능한 일이죠. 우리에겐 심장이 없잖아요?"

"뭐, 그건 그렇지."

그녀는 저들을 벼랑 끝으로 내모는 일이 가장 좋은 방법이라고 이른다.

"당신의 심장에 저들을 속박시키자면 전쟁에서 승리하는 수밖에 없어요."

"유혈 사태가 일어나면 저들도 다 죽어."

"걱정하지 마세요. 우리는 성기사단이에요. 상처쯤은 충분히 치료할 수 있다고요. 그리고 중상을 입고 쓰러져야 당신이 저들을 권속으로 묶는 의식이 좀 더 편해지지 않겠어요?"

"으음……."

권속이 아닌 상대를 권속으로 묶는 것은 상대방의 심장 절반을 취하거나 그 상대의 심장에 강수의 인장을 세기는 것뿐이다.

그렇게 하자면 저들을 쓰러뜨려 일을 일사천리로 진행하는 수밖에 없을 것이다.

그는 그녀의 말대로 전쟁에서 이기는 편이 가장 빠르다는 것을 인지했다.

"하지만 저들을 어떻게 이긴단 말이야? 전쟁에서 이기는 것이 가장 빠른 것은 이해하지만 우리의 전력이 달리는 것 같은데 이대로라면 장기전이 되어서 막심한 피해를 입을 수도 있어."

"아니요, 그렇지 않아요. 당신에겐 소환술이라는 것이 있잖아요?"

"그렇긴 하지만 여전히 심장이 불안해서 말이야."

"그 심장, 제가 온전히 만들어드릴게요."

"……!"

강수는 화들짝 놀라 그녀에게 물었다.

"심장을 온전히 복구한다고? 그것이 가능한가!"

"물론 일시적이고 제한적인 사안이 많아요. 당신의 심장을 온전히 각성시키는 것은 아주 극적인 일이라서 그 시간이 그리 길지 않지요. 대신, 그 짧은 시간이라면 당신의 권속들을 마음껏 소환할 수 있을 겁니다."

강수는 고개를 끄덕였다.

"좋아, 한번 해보도록 하지."

"그럼 의식을 준비할게요."

그녀와 강수가 성기사단 진영으로 향했다.

*　　*　　*

성기사단은 레비로스였던 강수에게 그다지 좋은 감정을 가지고 있지 않았다.

그 이유인즉슨, 아힌리히트가 억지로 정했던 정략을 레비로스가 일방적으로 깨버렸기 때문이었다.

그는 애초에 사랑이라는 것에 별다른 관심이 없었기 때문에 자손을 퍼뜨린다는 것이 상당한 거부감을 가지고 있었다.

하지만 인간과 엘프의 혼혈인 그와 하이엘프인 엘레나가 결혼하여 자식을 낳게 되면 완전무결한 생명체가 태어난다는 것이 아힌리히트의 주장이었다.

그래서 그는 레비로스가 청소년기를 거치기 전부터 비슷한 연배인 엘레나를 정혼 상대로 점찍어 두었다.

그러나 레비로스가 최강의 생명체가 되면서 그 정략을 스스로 깨버리고 말았다.

이것은 아힌리히트가 용언을 걸고 약속한 그의 자유에서

비롯된 것이기 때문에 딱히 그 장본인이라고 별달리 만류할
수가 없는 일이었다.

그로 인해 강수는 진정한 자유를 누리게 되었지만 엘레나
는 오로지 강수와의 정략 결혼만 기다리다가 혼기를 놓쳐 버
리고 말았다.

부족의 특성상 내부에서 결혼을 할 수 없는 하이엘프는 한
번 정혼자가 정해지면 오로지 그를 위해 살아갈 수밖에 없다.

그런데 갑자기 아무런 예고도 없이 결혼을 깨버렸으니, 하
이엘프들의 심기가 좋을 리가 없었던 것이다.

하이엘프의 진영을 찾은 강수를 바라보며 그녀들은 혀를
차고 한숨을 푹푹 내쉬었다.

"쯧, 저런 것도 남자라고!"

"훠이, 저기 꺼져 버려! 너 같은 놈은 고추를 달고 다닐 자
격도 없다!"

"…역시 나를 싫어하는군."

그녀는 와락 인상을 구기는 강수를 바라보며 어색한 미소
를 지었다.

"제가 당신에게 소박을 맞았다고 생각 하나 봐요."

"그건 한참이나 지난 일인데?"

"그 이후로 저는 재가를 하지 못했어요. 그래서 저런 소리
들을 하는 것이겠지요."

굳이 자신의 파혼 이후를 '재가'라고 못 박는 그녀를 보고 있자니, 강수는 그녀마저 불편하게 느껴진다.

'그 노친네가 마음대로 정한 정략혼 때문에 나만 쓰레기가 되어버렸군. 애초에 나는 결혼에는 관심도 없었는데…….'

아무리 주변에 별 관심을 두지 않고 사는 강수라곤 해도 이렇게 2천 명이나 되는 여자들에게 원성을 듣자니 아주 죽을 맛이었다.

하지만 이 고비산맥을 지키자면 그녀들을 끌어안을 수밖에 없는 강수였다.

"아무튼 빨리 진행이나 하자고. 어떻게 하면 내 심장을 온전하게 만들 수 있겠나?"

"간단해요. 제 심장과 당신의 심장을 연결하면 되요."

순간, 강수는 자신의 귀를 의심한다.

"뭐, 뭐? 뭘 어떻게 한다고?"

"제 심장은 당신의 심장이 폭주하지 않도록 안정시키는 역할을 하게 될 거예요. 한마디로 제 심장이 당신의 심장을 감싸면서 힘을 얻게 되는 셈이죠. 물론, 그 힘을 사용하는데 제약이 많아요. 잘못하면 저와 당신이 함께 죽을 수 있기 때문에 하루에 한 번, 그것도 아주 짧게 힘을 사용할 수 있을 거예요."

강수는 고개를 가로저었다.

"안 돼, 그럴 수는 없어. 내가 너의 심장을 먹어치워야 한다는 소리잖아!"

"아니요, 그저 심장을 하나로 합치는 것뿐이에요. 폭주를 막기 위해 원래 당신의 심장 절반을 제가 갖고, 당신에게 제 심장의 절반을 내어주는 것이지요."

"…한마디로 너와 내가 하나의 심장을 갖게 된다는 소리 아니야?"

"맞아요."

그는 어쩐지 꺼림칙한 마음에 일단 고개를 가로저었다.

"할 수 없어. 나는 하지 않겠어."

"하지만 이대로 저들을 가만히 두었다간 이곳은 물론이고 지구 전체가 온전치 못할 텐데요?"

"……."

"아무리 당신이라고 해도 무고한 사람들이 수없이 죽어나가는 꼴은 지켜볼 수 없을 것 아닌가요?"

그제야 강수는 자신에겐 선택지가 별로 없다는 것을 느꼈다.

'이대로라면 그녀의 꼭두각시로 평생을 살아가야 할 텐데… 아니, 잠깐, 심장을 서로 반씩 나누어 가진다고 해서 내가 저 여자의 남편이 되어야 한다는 것은 아니잖아?'

어차피 그녀의 심장을 받는 것 말고는 별다른 선택지가 없다고 느낀 강수는 그렇게 스스로 자기 위안을 삼기에 이르렀다.

"뭐, 좋아. 까짓것, 너와 내가 계약관계로 묶이는 것쯤은 얼마든지 할 수 있다. 받아들이도록 하지."

"그렇게 하시겠어요?"

"어차피 남자의 인생은 한 번뿐이야. 더 이상 물러선다면 비겁자로 살 수밖에 없는 거다."

"그래요, 당신의 뜻이 그렇다면 그렇게 해드리지요."

이윽고 그녀는 강수와 함께 임시 신전으로 향했다.

*   *   *

성기사단이 마련한 임시 신전에는 남녀, 혹은 군신 간의 언약을 집행하는 언약의 사제가 있었다.

그녀는 강수와 엘레나의 심장이 하나로 합일되는 것에 대한 언약 의식을 거행하는 중이다.

두 사람은 실오라기 하나 걸치지 않은 채로 그녀의 앞에 서자 언약의 사제는 그런 두 사람에게 은색 체인을 하나 건네며 말했다.

"이것을 서로의 팔에 묶으십시오. 그렇게 되면 두 사람은 죽는 그날까지 운명이 하나로 묶이게 될 겁니다."

"……."

잠시 머뭇거리는 강수를 대신하여 그녀가 알아서 두 사람의 팔에 체인을 묶었다.

철컥!

그러자, 언약의 사제는 성기사단 2천 명의 증언을 담은 성수를 강수와 그녀의 머리에 서서히 부었다.

"앞으로 두 사람은 죽을 때까지 심장을 공유하면서 서로가 서로의 주인이자 종이 될 겁니다. 권속과 주군, 이 두 관계가 서로에게 덧씌워지는 것이지요. 두 사람은 다쳐도 그 고통을 함께하고 상처도, 기쁨도 함께하게 될 겁니다. 심장이 두 개로 나뉜다는 것, 이것은 서로의 고통을 분담하고 기쁨을 항상 나눈다는 소리지요."

"…네, 잘 알겠습니다."

"자, 그럼 언약식을 마무하도록 하지요."

이윽고 그녀는 성수가 묻은 두 사람의 머리에 손을 올려 신성력을 불어넣기 시작한다.

"주신이시여, 저에게 권능을! 두 사람에게 축복을!"

우우우우웅웅!

그녀의 손에 발인된 눈부신 빛이 두 사람의 머리에 내려앉자, 그 빛은 두 사람의 몸으로 흡수되었고, 심장으로 흘러 들어갔다.

그리고 그 빛은 이내 심장을 두 갈래로 나누어 버렸다.

치지지지직!

"크허억!"

"으윽!"

"이제 두 사람의 심장이 서로 융합하여 두 갈래로 나뉠 겁니다. 그 고통은 서로가 평생 분담해야 할 몫입니다."

이윽고 정말 그녀의 말대로 두 사람의 심장이 서로 뒤섞이더니, 이내 각자의 심장이 반반 섞여 왼쪽에 자리 잡게 되었다.

두근, 두근!

"허억, 허억!"

"하아, 하아……."

"이제부터는 숨이 차는 것까지 공유하게 될 겁니다. 그러니 한쪽이 충격에 빠지지 않도록 조심하는 편이 좋아요."

"…알겠습니다."

이윽고 두 사람은 서로의 옷을 찾아 입고는 이내 각자의 숙소로 돌아갔다.

*　　　*　　　*

그날 밤, 강수는 그녀에 관한 꿈을 꾸었다.

엘레나의 어린 시절과 청년기, 그리고 자신을 기다리면서 보냈던 시절들이 주마등처럼 스쳐 지나갔다.

그녀는 어려서부터 정해진 정략을 위해 자신을 갈고닦았으며, 스스로 최고의 신부가 되기 위해 자신을 가꾸는데 여념

이 없었다.

하지만 그 삶은 강수의 독단으로 인해 어처구니없이 깨지고 말았고, 그 이후로는 하루하루가 무너지는 삶을 살아왔다.

강수는 그제야 그녀가 얼마나 고통 속에서 살아왔는지 어렴풋이 깨닫게 되었다.

그러나 자신의 가슴 속에 있던 슬픔과 분노를 차마 그녀에게 되돌릴 수 없었다며 스스로를 위로했다.

'난… 옳은 선택을 한 것이다.'

깊은 잠에 빠져 있던 강수는 자신의 침대 위로 올라오는 한 인영을 느꼈다.

그리고 그 인영이 내뿜는 따뜻한 기운 덕분에 슬그머니 미소를 짓게 되었다.

'이건, 어머니의 품……?'

흡사, 세실리아가 강수를 안았을 때 느꼈던 그 포근함과 따뜻함이 그를 감싸고 있었던 것이다.

그는 오랜만에 숙면을 취할 수 있었고, 그 숙면 안에서 행복감을 느꼈다.

'어머니, 삼촌, 언젠가 제가 당신들을 만나게 되면 이런 행복감을 평생 느낄 수 있겠지요?'

태어나 처음으로 느꼈던 어머니라는 존재, 강수는 그 존재를 이미 가슴 속 깊이 각인시켰다.

그리고 그 존재를 가슴에 품고 살아가느라 강인함을 잊어본 적이 없었다.

　하지만 오늘, 그는 그 강인함을 잠시 내려놓았다.

　"어머니……."

　"괜찮아요. 내가 있잖아요."

　강수는 스르르 감기는 눈을 주체하지 못해 그 목소리의 주인공을 미처 확인하지 못한 채 잠이 들었다.

＊　　＊　　＊

　다음날, 강수는 오랜만에 아주 개운한 표정으로 잠에서 깨어났다.

　"하아암, 잘 잤다!"

　잠에서 깨어난 강수는 이내 자리에서 몸을 일으켰으나, 자신의 허리에 뭔가 물컹한 촉감이 느껴짐을 감지했다.

　물컹!

　"어, 어어……?"

　화들짝 놀라 뒤를 돌아본 강수는 자신의 허리에 매달려 있는 한 여인을 발견했다.

　그리곤 마치 심장을 토해내듯 놀라 소리쳤다.

　"에, 엘레나? 이, 이런 말도 안 되는 일이……!"

"…으음, 일어났어요?"

"왜, 왜 내가 너와 실오라기 하나 걸치지 않은 채 누워 있는 것이지?!"

"어젯밤에 당신이 악몽을 꾸고 있기에 제가 당신을 품어주었어요. 그냥 제 심장이 아파하는 것 같아서 한 일이니, 너무 신경 쓰지는 마세요."

"……."

이윽고 그녀는 벗어두었던 옷을 주섬주섬 챙겨 입더니, 이내 그의 숙소를 나섰다.

"오늘 아침부터는 치열한 전투가 벌어질 거예요. 우리는 서로를 지켜야 해요. 그러니 사소한 감정은 조금 접어두기로 해요."

"…알겠어."

강수는 더 이상 아무런 말도 할 수가 없었다.

＊　　　＊　　　＊

이른 아침, 강수는 성기사단이 모여 있는 진영에서 자신의 심장을 대략 5초간 개방하기로 했다.

그는 자신이 흡수했던 권속들과 아힌리히트의 심장에 들어 있던 권속들을 5초간 쏟아내어 다크엘프에게 대항하기로 했던 것이다.

가부좌를 틀고 앉은 강수는 마나온천수를 링거에 담아 자신의 팔에 연결했다.

"후우……!"

깊은 심연에서부터 끓어오르는 마나의 소용돌이를 심장에 담은 강수는 그대로 소환술을 전개한다.

"나의 권속들이여, 모습을 드러내라!"

쿠그그그그그그그!

순간, 강수의 심장에서부터 엄청난 크기의 소용돌이가 생성되더니, 이내 차원의 문이 열렸다.

고오오오오오오오!

성기사들은 그 차원의 문을 바라보며 자신도 모르게 입을 떡 벌렸다.

"저것이 바로 레비로스의 진정한 힘……?"

"아마 거기에 아힌리히트의 드래곤 하트가 힘을 더해 주니, 어떤 권속이 튀어나올지 기대를 해도 좋을 것 같아."

이윽고 강수는 딱 5초 간 자신의 권속들을 무작위로 소환하기 시작한다.

크르르르륵, 팟!

첫 번째로 소환된 존재는 바로 천공의 제왕이라 불리는 그리핀이었다.

"삐이이이익!"

"그리핀! 우리에겐 천만다행이군!"

그리핀은 엘프와 친화력이 상당히 높기 때문에 몇 엘프 부족은 그리핀을 길들여 전투에 사용하기도 했다.

페가수스와 비교한다면 대략 다섯 배의 전투력을 갖지만, 육식을 기본으로 하는 그리핀인지라 언제부턴가는 사육을 금지하게 되었다.

하지만 지금으로선 그들에게 그리핀은 한줄기 빛과 같은 존재들이었다.

이제 남은 것은 네 번의 소환, 강수는 그 소환을 속기시킨다.

크르르르륵, 팟!

두 번째로 소환된 존재는 야수의 왕 미노타우로스 로드였다.

"크훅, 크훅! 마스터! 부르셨습니까?!"

"미노타우로스 로드! 무지막지한 녀석이 나타났군!"

키가 무려 20미터에 달하는 미노타우로스 로드는 일격에 산을 일도양단할 수 있을 정도의 괴력을 가졌다.

이 녀석은 강수가 데스나이트 군단과의 결전을 치를 때 흡수했던 권속이다.

그들은 전사의 피가 흐르고 있기 때문에 한 번 군신의 관계를 맺으면 죽을 때까지 충성하는 특징이 있다.

곧이어 강수는 세 번째 권속을 소환했다.

크르르르륵, 팟!

"쉬이이이익!"

"하이바실리스크!"

이번에 모습을 드러낸 권속은 공포의 군주라 불리는 하이바실리스크였다.

거대한 뱀의 몸에 용의 머리를 가진 바실리스크는 그 눈과 마주치는 순간 상대가 굳어버리는 마법을 사용한다.

또한, 그 입에선 독을 내뿜으며 꼬리에선 날카로운 가시가 발사된다.

위협적인 등급으로 따진다면 거의 두 번째에서 세 번째의 등급을 받을 정도로 무시무시한 바실리스크다.

하이바실리스크는 그런 바실리스크들의 우두머리로, 아힌리히트의 둥지를 지키던 경비대였다.

녀석은 경계심 가득한 눈으로 강수의 앞에 똬리를 틀고 앉아 보초를 서기 시작했다.

"쉬이이이이이익!"

아직 강수가 공격 명령을 내리지 않았기에 망정이지, 그렇지 않았다면 벌써 지금 이 자리는 피바다가 되었을 것이다.

하이엘프들은 강수의 심장이 갖는 엄청난 능력에 그저 혀를 내두를 뿐이었다.

이윽고 강수는 곧바로 네 번째 권속을 소환했다.

크르르르르르륵, 퐛!

—고오오오오오오!

"불의 정령왕!"

이번에 소환된 권속은 아힌리히트가 신마대전 직후 자신의 레어에 속박시켰던 불의 정령왕 중 한 명인 이그니스였다.

이그니스는 일격에 화산과 버금가는 파괴력을 갖는 불의 정령왕이다. 아마 강수가 지금까지 소환한 소환수 중에서도 가장 위험하고도 고귀한 존재일 것이다.

이그니스는 강수의 등 뒤에 서서 번뜩이는 안광으로 하이엘프들을 내려다보며 입을 열었다.

—너희가 나의 새로운 주군, 그의 동료들인가?

"그렇습니다, 정령왕이여."

—엘프라……. 그중에서도 신성력의 기사들이군. 흠, 흥미로운 일이야.

이그니스는 호기심이 많은 정령왕이기 때문에 이따금 엘프들과도 조우하는 일이 있었는데, 이번에도 역시 호기심이 동한 모양이었다.

그런 그를 뒤로 한 채 강수가 마지막으로 권속을 소환했다.

크르르르르르르륵, 퐛!

"…크으으으윽!"

"가, 가레스!"

"이곳은……?"

이윽고 눈을 뜬 강수는 자신의 앞에 선 가레스를 바라보며 말했다.

"내가 너를 소환했다. 가레스, 나를 기억하나? 내 심장으로 빨려 들었던 것을 말이다."

순간, 가레스가 의미심장한 미소를 지었다.

"주군이시여……."

"나, 레비로스의 이름으로 명령한다. 이제부터 너희들은 나의 권속으로 내가 죽을 때까지 이곳을 지켜야 할 것이다!"

"분부만 내려주십시오!"

이들이 과연 언제까지 강수의 통제하에 놓일 수 있을지 알 수는 없다. 하지만 확실한 것은 아힌리히트의 심장이 존재하는 한 위험은 없을 것이라는 사실이었다.

제3장
새로운 영토

　강수는 자신이 소환한 소환수들을 데리고 전선의 일선에
섰다.

　"크륵, 크륵!"

　"미노타우로스 로드, 네 이름이 무엇인가?"

　"마노입니다."

　"그래, 마노. 너는 하이바실리스크와 함께 적들을 일격에
제압해라. 제압한 후에는 가레스와 이그니스가 나를 상징하
는 인장을 몸에 새겨 넣을 것이다."

　"크륵! 예, 주군!"

지금 이 소환수들은 강수의 심장이 영향권을 행사하는 영역 안에서 본신의 힘 중 대략 1/10의 능력만을 사용할 수 있었다.

하지만 그들의 능력 자체가 워낙 강대하다 보니 1/10의 능력만으로도 적들을 제압하는 것은 식은 죽 먹기와 같을 것이다.

"가자!"

"크르르륵!"

마노는 사룡이라는 이름을 붙인 하이바실리스크와 함께 적진을 향해 돌진하기 시작했다.

"쉬이이이이익!"

쿵쿵쿵쿵!

대지를 울리는 마노의 발자국 소리에 다크엘프들은 화들짝 놀라 그를 바라본다.

"허, 허억! 이, 이런 말도 안 되는 경우가 다 있나!"

"어서 언데드들로 육의진을 펼쳐라!"

"예, 장로님!"

다크엘프들은 네르샤의 지시에 따라 그들은 약 3만의 언데드를 능선에 배치했고, 그들로 마노를 막아내려 했다.

하지만 마노의 그레이트 엑스가 일격을 쏟아내자, 그 맥이 단박에 끊어져 버렸다.

콰앙!

"끼에에에엑……!"

"제기랄!"

그리고 난 후엔 사룡이 그 틈을 비집고 들어가 석화 마법을 시전했다.

"쉬이이이이익!"

꽈드드드드득!

사룡의 눈동자에서 뿜어져 내온 석화 마법이 스치자, 다크엘프들은 속절없이 패닉 상태에 빠져들었다.

"으으으윽……!"

"제기랄, 석화 마법이다! 남은 병력은 후퇴한다!"

"예, 장로님!"

하이바실리스크의 본래의 힘이라면 여기 있는 모든 다크엘프가 돌로 변해버려도 이상할 것이 없으나, 1/10로 경감된 능력 때문에 패닉상태에 접어드는 것이 그쳤다.

하지만 그것만으로도 다크엘프 군영은 뒤로 물러설 수밖에 없었다.

그런 그들의 머리 위로 아르테미스의 용언이 작렬했다.

"바인드 인탱글!"

끼기기기기기긱!

목덜미와 척추에 직접적으로 마비수액을 쏘아내는 바인드 인탱글이 작렬하자, 무려 100명이나 되는 다크엘프들이 마비

되었다.

"크허어억!"

"수, 숨을 쉴 수 없… 사, 살려줘……!"

그러자, 네르샤는 곧바로 본 그리핀들을 올려 보낸다.

"이익! 저년을 족쳐라!"

"끼에에에에엑!"

하나, 이미 공중은 그리핀들이 장악을 한 상태이기 때문에 본 그리핀들이 날아오르기도 전에 그들의 진영이 무너지고 말았다.

"삐에에에에엑!"

퍼억!

"끄엑……."

"제기랄! 저 무식한 놈들은 도대체 어디서 튀어나온 거야!"

소환수들이 적진을 휘젓고 다니는 사이에 강수는 이그니스와 가레스를 이끌고 그들의 진영 안으로 들어가 마음껏 검을 휘두르고 있었다.

"나의 권속이 되어라! 그러면 살려줄 것이다!"

"흥! 개소리!"

촤락!

드래곤의 송곳니로 만든 강수의 검이 다크엘프들을 스치

고 지나가자, 그 자리에는 피가 낭자했다.

"크허어억!"

"막아라! 무슨 수를 쓰더라도 막아라!"

네르샤는 이마에 핏대까지 세우며 강수를 막아내고 있었지만, 가레스와 이그니스의 파상공세를 막아낼 도리가 없었다.

결국, 그녀는 가레스의 검에 옆구리에 큰 자상을 입고 말았다.

"섬……!"

서걱!

"크윽!"

상체가 앞으로 고꾸라진 그녀, 강수는 그녀의 앞에 서서 물었다.

"다시 한 번 묻겠다. 나의 권속이 될 생각이 있나? 원래 너희는 아힌리히트의 권속들이었다. 내 심장이 내뿜는 오라 안에 있으면 마나의 폭주를 멈출 수 있다."

"…내가 너 같은 애송이에게 무릎을 꿇을 성 싶으냐! 넌 그저 우리 종족의 씨 팔이밖에 되지 않는 놈이다!"

"아직도 그 야욕을 버리지 못했다니, 한심하군."

강수는 그녀의 목덜미를 주먹으로 후려갈겼고, 네르샤는 이내 정신을 잃고 쓰러지고 말았다.

펙!

"으허어……."

그는 쓰러진 그녀를 둘러멘 채 전장을 빠져나갔다.

*　　*　　*

언데드로 인해 초토화된 15구역은 이제 곧 아르테미스의 용언에 의해 복구가 될 것이고, 남은 언데드의 잔재는 모두 불태워 땔감으로 사용될 예정이었다.

강수는 포박된 상태에서도 표독스러운 눈을 하고 있는 네르샤를 바라보며 물었다.

"죽기 전에 할 말이 있다면 남겨라. 유언은 들어주도록 하마."

"……."

"할 말이 없나?"

그녀는 덤덤한 표정으로 강수를 바라보며 말했다.

"끝내 너를 덮치지 못한 것이 한이구나!"

"……."

이윽고 그녀는 하얀 이를 드러내며 껄껄껄 웃는다.

"하하하, 하하하하! 내, 비록 이렇게 죽으나, 죽어서도 네놈을 끝까지 따라다닐 것이다!"

"지독한 년이군……."

그런 그녀를 가만히 바라보던 엘레나가 물었다.

"레비로스와 동침하는 것이 그렇게 소원인가요?"

"당연한 일 아닌가? 우리 종족은 최강의 생명체를 탄생시키기 위해 무려 500년을 고뇌하며 살았다. 그래야 우리 종족이 권속에서 벗어날 수 있었기 때문이지. 하지만 이젠 그런 자유는 아무래도 좋아. 나와 저놈이 교접하면 과연 얼마나 강력한 생명체가 태어날지 궁금할 뿐이지."

"좋아요, 그럼 그렇게 하세요."

"……?!"

강수는 고개를 갸웃거렸고, 네르샤는 두 눈을 번뜩이며 되물었다.

"뭐, 뭐가 어째? 뭘 어떻게 한다고?"

"레비로스와 교접하세요. 당신이 그렇게 원하는 일이라는데, 한 번 동침이 뭐 그렇게 어려운 일이겠어요?"

"하하, 하하하! 역시 성기사단장이라 그런지 배포가 아주 대단하군! 네년의 기둥서방이 아직 너와 동침하지도 않았는데 나에게 넘겨도 되겠는가?"

"우리도 어제 동침을 했어요. 그러니 이젠 상관없어요."

"……."

"대신, 당신은 다크엘프들과 함께 레비로스의 권속이 되어야 합니다. 그 조건을 수락한다면 합일은 성사될 겁니다."

순간, 하이엘프들의 눈이 강수를 찌를 듯이 몰린다.

"…짐승이군, 역시!"

"아, 아니, 그건……."

"하지만 어찌되었건 우리 종족과 레비로스가 합일한 것은 사실이군. 그럼 된 것 아닌가?"

"…아주 제멋대로들 해석하는군."

강수는 더 이상 그들의 말에 반박을 할 수 없었다. 엄연히 따지자면 강수가 그녀와 발가벗고 동침한 것은 사실이기 때문이다.

다만, 육체적인 접촉이 확실히 있었는지는 알 도리가 없기 때문에 반박 자체를 할 수 없었던 것이다.

마치 뭐 씹은 표정처럼 잔뜩 일그러진 강수를 바라보며 네르샤가 물었다.

"어이, 얼간이 엘프! 드디어 너와 내가 합일하는구나! 시기는 언제가 좋겠나? 최대한 나의 배란이 맞아떨어지는 시기였으면 좋겠군!"

"……."

가만히 생각에 잠긴 강수, 그는 찰나의 순간에 머리를 굴렸다.

'그래, 언젠가 한 번 동침하는 것이 조건 아니었나?

강수는 그녀에게 조용한 어투로 말했다.

"좋아, 몸 한 번 섞는 것이 뭐 그리 어렵겠나?"

"저, 정말인가?!"

"하지만 조건이 있다."

"조건?"

"너희가 이곳에서 다시 루야나드로 돌아가는 날, 그날에 내가 너와 함께 동침하겠다."

"뭐? 그런 말도 안 되는!"

"말이 왜 안 되나? 이제 너와 엘레나가 있는데."

"하긴, 말이 안 되는 소리는 아니지."

"어때? 구미가 당기지 않아? 약속은 확실히 지킨다."

"…정말이지?"

"내가 미쳤다고 이 자리에서 거짓을 고하겠나? 그리고 내가 아무리 개자식이라곤 해도 내 아이를 가지는 일인데 그리 쉽게 말하고 다닐 사람으로 보이나?"

"흠……."

그녀 역시 생각이 많은 듯, 강수를 바라보더니 이내 그 조건을 수락한다.

"좋아, 계약을 이행하도록 하지."

"이제야 말이 좀 통하는군."

"하지만 나도 조건이 하나 있다."

"말해라."

"만약 기회가 되어서 너와 내가 동침하는 적기가 온다면 먼저 덮쳐도 된다고 말해라."

"…무슨 뜻이냐?"

"이 세상일은 아무도 모르는 것 아니냐? 네가 만약 나에게 성적 매력을 느껴서……."

"…별말 같지도 않은 소리를 지껄이는군."

"왜? 나의 겉모습이나 신체 나이는 인간으로 따지면 20대 중반쯤 된다. 네가 내 유혹이 넘어오지 않는다는 법은 없지 않나?"

실제로 네르샤는 육감적인 몸매에 고혹적인 외모를 가진 미인이었다.

다만 그녀의 엽기적인 성향 때문에 강수가 그녀를 마귀할멈이라고 헐뜯고 있을 뿐이다.

그는 네르샤의 제안을 받아들이기로 했다.

"참 나… 좋다, 뭐 그런 말도 안 되는 조건이 다 있나 싶다만… 그런 조건이라면 들어주지."

"후후, 후회하지 마라!"

그녀는 무려 500년 동안 강수의 씨를 얻기 위해 악전고투를 참아냈다.

그런데 지금 눈앞에 그 먹이가 있으니, 당연히 목숨을 걸지 않을 수가 없을 터였다.

네르샤는 강수를 취하기 위해 동분서주할 것이고, 강수는 그것을 적절히 이용하면 작금에 벌어진 사태를 수습할 수 있을 것이다.

'그나저나 일이 좀 복잡해지겠군.'

이미 하이엘프들은 강수를 엘레나의 남편으로 생각하고 있을 터인데, 네르샤까지 설치게 되면 여간 피곤하지 않을 것이다.

하나, 이미 벌어진 일을 그가 어찌할 도리는 없었다.

'도저히 답이 없군… 그저 신에게 모든 것을 맡길 수밖에.'

그는 조용히 눈을 감았다.

＊　　　＊　　　＊

다크엘프들과 하이엘프들의 숫자는 무려 4,000여 명, 이들을 모두 수용하자면 고비사막 세 개 지역에 걸쳐 주택을 지어야 한다.

강수는 고비 강 중류에 위치한 15구역부터 16. 17구역을 모두 주택부지로 선정했다.

이곳은 중간에 늪지대가 위치해 있고, 숲에는 과실의 양이 꽤 많았기 때문에 채식을 위주로 생활하는 하이엘프와 다크엘프까 살아가기에 안성맞춤이었다.

　네르샤와 엘레나는 현대의 건축 기술로 단 한 달 만에 집을 지을 수 있다는 강수의 설명을 듣고 있다.

　"바닥 토목공사를 마치고 나면 곧바로 철근골조를 세우고 그 위에 콘크리트를 부어 외벽과 내벽을 세운다. 그 이후엔 지붕을 올리고 내부 인테리어를 마치면 끝이지."

　"콘크리트라……."

　"참으로 흥미로운 물질이지. 가루를 물에 개어 굳히면 단단한 돌이 된다. 물론, 그 안에 철근골조를 비롯한 기타 혼합물질이 들어가야 비로소 완성이 되지만 말이다. 하지만 이것들에 첨가물을 넣지 않고 단독으로 사용할 수도 있어. 그래서 현대의 건축 기술에 시멘트는 없어선 안 될 물질인 것이다."

　"벽돌로 집을 짓는 것보다 훨씬 더 효율적이겠군요."

　"물론, 당연한 얘기다. 이 콘크리트 공법은 거푸집으로 건물을 찍어내는 방식이기 때문에 작업 속도가 빠르고 벽돌보다 견고한 면이 있지. 단 하나 단점이 있다면, 새집증후군이 좀 심할 수도 있어."

　"새집증후군?"

　"건물의 골조를 새로 다잡고 집을 짓게 되면 내부 인테리어는 필수다. 그 과정에서 화학물질이 뿜어져 나오는 것이지. 물론, 콘크리트에서도 화학물질이 분출되고."

"모든 것에는 장단점이 다 있게 마련이죠. 자연을 파괴해서 얻은 것들이니, 당연한 수순이 아닐까요?"

"뭐, 그렇게 볼 수도 있고."

강수는 두 부족에게 지어줄 집은 전부 콘크리트 공법으로 만들 것이고, 그에 필요한 인력은 각 부족민들과 몬스터들을 동원할 생각이었다.

"당장 내일부터 몬스터들과 함께 너희들 부족은 집 짓기에 들어간다. 준비할 수 있도록."

"흠, 단순한 작업인가?"

"뭐, 그렇다고 볼 수 있지."

네르샤는 어쩌면 당연한 것일 수도 있는 부분을 지적한다.

"바보군. 우리들은 사령술사다. 굳이 사람이 일을 할 필요가 있겠나?"

"그럼……."

"좀비와 스켈레톤은 폼으로 있나? 그렇게 단순한 작업이라면 당연히 죽은 놈들을 동원하는 편이 낫지. 놈들은 식량도 필요 없고 휴식도 필요 없어. 그러니 넉넉히 보름이면 집을 지을 수 있을 것이다."

강수와 엘레나는 의외라는 표정으로 그녀를 바라본다.

"오호, 그런 방법이?"

"생각보단 머리가 좋군요. 설마하니 언데드를 공사에 동원할 생각은 전혀 하지도 못했어요."

"쯧쯧, 모자란 것들. 이래서 엘프들은 안 된다는 거야. 그렇게 고리타분한 발상에 사로잡혀 무슨 일을 도모할 수 있단 말이야?"

"하하, 그래. 이번 건은 확실히 나의 창의력이 부족했던 것 같군."

네르샤는 강수가 가지고 있던 설계 도면을 빼앗아 자신이 갈무리하며 말했다.

"이런 식으로 집을 짓는다는 얘기지?"

"그렇다."

"좋아, 그럼 내 집은 내가 직접 짓기로 하지."

"좋을 대로."

그녀는 자신이 직접 지을 집의 도면을 바라보며 의미를 알 수 없는 미소를 지었다.

*　　　*　　　*

다음 날, 몬스터들은 물론이고 하이엘프들과 다크엘프들이 전부 동원되어 집을 짓기 시작했다.

뚝딱, 뚝딱!

몬스터들은 자신들이 지금까지 쌓은 토목 기술과 건축 기술을 종동원하여 언데드들과 함께 공사를 진행하고 있다.

퍽퍽퍽퍽!

땅을 파거나 흙을 섞는 등의 고된 작업들은 대부분 언데드들이 진행하고 나무를 엮거나 철근을 세우는 등의 세밀한 작업은 전부 몬스터들이 도맡고 있었다.

강수는 생각보다 합이 잘 맞는 그들을 바라보며 흡족한 미소를 지었다.

"으음, 좋아. 이대로라면 정말 보름 안에 집을 한 채 지어도 이상할 것이 없겠어."

"후후, 이제 알겠나? 우리 다크엘프 일족이 얼마나 위대한 종족인지?"

네르샤는 다크엘프 일족이 만들어낸 언데드 3만 마리를 가리키며 연신 이를 드러내며 웃었다.

강수는 그런 그녀가 참으로 단순하다고 생각했다.

"얼마 전까지만 해도 서로 물어뜯고 싸우던 상대와 손을 잡고도 아무렇지 않은가?"

"뭐, 생존을 위해선 가끔 동맹을 맺고 살아가는 방법도 터득을 해야 하니까."

"의외군."

"다크엘프도 사람이다. 무조건 투쟁만을 일삼고 살 수는 없다는 소리지."

"그런가?"

이윽고 두 사람은 네르샤의 집이 지어질 집터로 향했다.

쿵쾅, 쿵쾅!

강수는 네르샤가 직접 수정한 도안과 집을 비교하면서 부족한 점이 없는지 확인해 주었다.

그런데 강수는 원래 계획했던 것보다 방이 한 칸 넓은 그녀의 집을 바라보며 고개를 갸웃거린다.

"내가 설계한 집의 방은 세 칸이었다. 그 정도면 사람이 살아가는데 문제가 전혀 없을 것이야. 어째서 방을 하나 늘린 것이지?"

"사람이 한 명 늘어날 것이니까."

"사람이?"

그녀는 강수를 바라보며 음흉하게 웃는다.

"너 말이다. 내 집에 네가 들어와 살 수도 있을 테니 방을 하나 더 넓힌 것이다."

"…아직도 미련을 못 버렸군."

"너는 분명 약속했다. 약속한 기간이 되지 않아도 기회만 된다면 교접을 하기로 말이야."

"그건 그렇지만……."

네르샤는 벌건 대낮에 강수의 바지춤으로 손을 가져다 댔다.

"남녀의 일은 모르는 것이다. 그러니 미리미리 대비를 해 두어야지."

"크, 크흠! 미쳤나?! 이렇게 대놓고……."

"듣자 하니 남자들은 이 생식기를 공략하면 좋아한다고 하던데……."

순간, 강수는 고개를 갸웃거린다.

"듣자 하니?"

"그래, 그렇다고 하더군."

"남자에 대해 잘 아는 것 아니었나?"

"무슨 뜻이냐?"

"아니, 그 나이가 되도록 남자를 겪어 왔으면 오히려 나보다 더 남자를 잘 알 것 아니냐?"

그녀는 실소를 머금는다.

"후후, 아직 모르고 있었던 모양이군. 나는 지금까지 남자와 잠자리를 가져본 적이 없다."

"…뭐?"

"다크엘프 역시 남녀의 성비가 불균형하다. 여자가 아홉이면 남자는 한 명쯤 될 것이다. 하지만 그나마도 전쟁으로 다 죽고 나서 있지도 않다. 그런 상황에서 내가 미쳤다고 잠자리를 가졌겠나?"

"……."

"좋은 유전자를 선별하는 최적의 조건은 다양성이 확보되었을 때다. 하지만 우리는 그런 다양성이 결여되었어. 그래서 나는 최강의 생명체인 너와 교접하려 했던 것이다."

강수는 700년이 넘도록 살아오면서 단 한 번도 남자를 만나지 않았다는 것이 그저 신기할 따름이었다.

"…혹시 성격이 지랄 같아서 남자를 만나지 못한 것은 아니고?"

"뭐, 따지고 보면 그것도 이유가 될 수도 있겠지. 하지만 다크엘프는 거의 다 성격이 괴팍하다. 남자들도 나 같은 성격인데 성격이 결정적인 이유가 될 수는 없다."

"흐음……."

"알겠나? 내가 왜 그렇게 너에게 집착을 했는지."

강수는 지금까지 그녀가 색골에 골수 변태라고 생각했었다.

하지만 사실, 그녀는 지금까지 강수와의 잠자리를 위해 자신의 순결(?)을 끝까지 지키고 있었던 것이다.

"어떤 의미로 본다면 대단하다고 볼 수도 있겠군."

"그게 왜 대단한 것인가? 짝짓기 좀 안 한다고 사람이 죽지는 않아."

"하긴, 성욕을 억눌렀다고 죽은 사람은 없었으니까."

두 사람이 처음으로 담화를 나누고 있을 때, 불현듯 엘레나가 나타나 두 사람의 사이를 갈라놓았다.

"…망측하군요. 대낮부터 그게 뭐하는 짓입니까? 남의 바지춤에 손이나 집어넣고 말이에요."

"자연스러운 현상이다. 암컷이 수컷의 생식기를 탐하는 것은 대자연이 정해준 본능이야. 너 역시 이놈의 생식기를 위해 100년이 넘는 세월을 살아온 것 아닌가?"

"무슨 그런 불결한 소리를!"

"후후, 그런 소리를 하는 것을 보니 아직 제대로 합방을 한 것은 아닌 모양이지? 생식기가 불결하다고 표현하는 것을 보니 말이야."

"……."

강수는 그제야 그날 밤의 미스터리가 모두 다 풀리는 것 같았다.

"흐음, 그러니까 잠자리는 있었지만 정말 교접이 있던 것은 아니었다? 뭐, 그런 소리군."

"굳이 말하자면 그렇죠……."

아마 그녀는 정말로 그가 안쓰러워 옷을 벗은 채 강수를 안았던 것뿐, 다른 의도는 전혀 없었던 모양이다.

한마디로 지금 강수의 앞에 서 있는 여인들은 다 숫처녀라는 소리였다.

'참, 의외성이 너무나도 많은 녀석들이군.'

요 며칠 동안 하이엘프 여자와 결혼을 해야 하나 하는 강박에 사로잡혀 있었던 강수는 마음이 조금은 놓이는 것 같았다.

"뭐, 아무튼 그 교접에 대한 얘기는 당분간 하지 않기로 하지. 엄연히 따지면 지금은 그런 소리를 접어두어도 상관이 없으니까 말이야."

"그건 당신의 생각이고요."

강수는 이내 돌아서 다른 현장으로 발길을 돌린다.

"아직 인간들의 집도 다 짓지 못했다. 그곳의 현장을 둘러봐야겠어."

"같이 가요!"

"흥, 이런 밀가루 반죽 같은 것이⋯⋯?!"

그녀들은 돌아선 강수를 마치 병아리가 닭을 쫓듯이 따랐다.

*   *   *

마피아들이 머물게 될 25구역, 이곳에도 역시 언데드들이 동원되었다.

"끄헉, 끄에에엑⋯⋯!"

괴기하게 뒤틀린 팔과 다리를 마구 휘저으며 돌아다니는 좀비들을 바라보며 마피아들은 식은땀을 한 바가지씩 흘리고 있었다.

꿀꺽!

"젠장… 이렇게 긴장감이 넘치는 건설 현장은 또 처음이 군. 도대체 이곳에 정상적인 것들이 있기는 한 것인가?"

"그러게 말이다. 이렇게 살아가다 보면 금방 신경쇠약에 걸리겠어."

다니엘과 제이크는 벌써 일주일째 함께 작업하고 있는 좀비들 때문에 밤잠을 설칠 지경이었다.

그들이 영화에서 보아왔던 좀비들은 그나마 인간의 형태를 거의 다 갖추고 있었지만, 이곳에 있는 좀비들은 전혀 그렇지가 못했다.

시신에서 썩은 고름이 나오는 것은 예사였고, 시퍼렇게 곪아 뒤통수에서 뇌수를 줄줄 흘리며 돌아다니는 좀비들도 있었다.

그나마 영화에 나오는 좀비들은 상태가 많이 양호한 편이었다.

다니엘은 그들이 까딱 잘못하면 자신을 덮칠 수도 있다는 생각에 항상 권총을 주머니에 넣고 다녔다.

유사시엔 자신의 목숨을 지키고 좀비를 처단하겠다는 생각 때문이었다.

하지만 그런 그의 불안감을 괜한 기후라고 꾸짖는 이가 있었다.

"쯧쯧, 그렇게 새가슴이라서 무슨 일을 하겠나?"

"보, 보스……."

"좀비들이 무슨 지능이 있겠나? 정말 무서운 것은 좀비가 아니라 사람이야. 괜히 사령술사들의 심기를 어지럽히면 정말 좀비들의 밥이 될 수도 있는 것이다."

"그렇군요……."

강수는 애초에 공격할 생각도 없는 좀비들을 슬금슬금 피해 다니는 다니엘과 제이크가 한심하다고 생각하고 있었다.

물론, 두 사람도 이들이 아군이라는 것은 잘 알고 있지만 좀처럼 그것을 받아들이기는 쉽지 않았다.

25구역을 시찰하기 위해 이곳을 찾은 강수는 도면을 꼼꼼히 살피며 부족한 것들을 찾아내고 있었다.

그런 그의 곁에는 두 명의 미녀가 항상 따라다니고 있었는데, 그중에서도 구릿빛 피부에 육감적인 몸매를 가진 여인은 호시탐탐 강수의 몸을 탐하고 있었다.

"어이쿠, 엉덩이에 뭐가 묻었군!"

"그 손 치우지 못하겠나? 자꾸 사람을 추행하는군. 이곳에서 성추행은 범죄다. 확 감옥에 보내버리는 수가 있어."

"후후, 마음대로 해라. 어차피 들어가 봐야 몇 분 되지도 않아 탈출해 줄 테니."

"…어휴, 저 망할 놈의 변태 할망구 같으니!"

"크크, 부끄러워 할 필요 없어. 어차피 너와 나는 언젠간 몸을 섞어야 할 사이니까."

"……."

그런 그녀를 나무라는 순백색의 미녀, 그녀는 가히 여신이라고 할 만큼 순결하고도 고귀한 미모를 지니고 있었다.

"사람들 보는 눈이 있어요. 이곳의 리더를 그런 식으로 희롱하면 누가 레비로스를 따를까요?"

"뭐, 어때? 이놈들도 밤이면 여자를 찾아서 미친 듯이 돌아다닐 텐데. 안 그래?"

"그, 그건……."

"흥! 저 사람들이 모두 당신과 같은 줄 아나요? 그렇지요?"

"아, 예……."

그녀는 당황하는 다니엘의 얼굴을 바라보며 도저히 거부할 수 없는 미소를 지었다.

"그렇지요?"

"그, 그렇습니다……."

제이크와 다니엘은 이런 극상의 미모를 지닌 여자들을 뒤로한 채 자신의 일에 열중하는 강수가 가히 존경스럽기까지 했다.

'섹시한 악마와 청순한 선녀… 보스는 정말 대단한 사람

이군!'

도대체 어떻게 하면 저런 미녀들을 둘씩이나 대동할 수 있는 것인지, 다니엘은 도대체 엄두가 나지 않는 일이었다.

하지만 그런 그에게 생각의 전환을 가져다 줄 누군가가 다가왔다.

"단장님, 제1구역의 공사가 모두 끝났습니다."

"아, 그래요? 한번 가볼까요?"

순간, 다니엘은 자신의 심장이 미친 듯이 떨려오는 것을 느낀다.

두근, 두근—!

'뭐, 뭐지? 저 미친 미모는⋯⋯!'

단장이라 불린 여자보다는 한참 못하지만 그녀 역시 천상에서 내려온 선녀 같았다.

제이크는 넋이 나가버린 다니엘에게 귓속말을 전했다.

"어이, 다니엘⋯⋯."

"뭐, 뭔가?"

"저쪽 마을에는 저런 미녀들이 밭을 메고 있다더군."

"뭐, 뭐라?!"

"사람이 아니기 때문에 저렇게 미인들이라고 하더군. 하지만 인종만 다를 뿐, 저들도 인간이야. 우리와 맺어지지 않으리라는 보장은 없다는 소리지."

"······!"

두 사람은 케케묵은 원한을 한 방에 정리한다.

"···어이, 제이크."

"뭔가?"

"어서 이곳을 정리하고 15구역으로 향하자."

"후후, 구미가 당기는 모양이군?"

"어쩌면 우리가 이곳에 온 것은 신의 계시다. 우리는 200
명, 저들은 4,000명이다. 충분히 승산이 있는 게임 아니냐?"

"역시, 생각이 트인 녀석이라니까."

다니엘과 제이크는 처음으로 의기투합했다.

제4장
애매한 관계

이른 아침.

강수는 강릉의 한 방파제 앞에서 낚시를 즐기고 있었다.

쏴아아아아!

파도가 일렁이는 이때엔 농어 낚시가 잘 되기 때문에 찌로 미끼를 띄워 물고기를 낚으면 씨알이 제법 굵은 놈들이 올라온다.

하지만 요즘은 농어 철이 아니기 때문에 입질이 쉽게 오지는 않았다.

"쓰읍, 후우……."

강수는 바다에 낚싯대 하나를 드리워 놓곤 담배에 소주를 한잔하고 있었다.

그는 가끔 혼자서 즐기는 이 망중한이 유일한 낙이라고 생각했다.

"인생이 너무 복잡해졌군."

그러고 보면 지금까지 그가 살아온 인생은 바람과 같았기 때문에 누군가를 신경 쓸 필요가 없었다.

하지만 요즘 그의 정서적인 사생활은 아예 없어졌고, 그의 손에 딸린 식구들만 벌써 4,000명이 넘었다.

사실, 강수가 처음 환생했을 때만 해도 이런 일이 벌어질 것이라곤 전혀 예상치 못했었다.

그저 살아가는데 급급했던 터라 정신없이 앞만 보고 달렸던 것이다.

그러나 지금은 전화를 꺼놓지 않으면 아예 사생활을 즐길 수 없을 지경에 이르렀다.

"혼자일 때가 편했는데……."

홀로 앉아 낚시를 즐기고 있던 그때, 강수의 곁으로 한 사내가 다가오더니 말을 건넸다.

"어이, 컵라면 한 사발 어때?"

"왔냐?"

그가 고개를 돌린 곳에는 낚시 조끼에 벙거지 모자를 눌러

쓴 현우가 서 있었다.

현우는 강수가 낚시를 하고 있다는 소식을 듣고는 컵라면에 소주 몇 병을 들고 그를 찾아왔다.

"입질은 좀 오냐?"

"보면 알잖아? 아무래도 오늘은 허탕을 칠 것 같아."

"흠… 미끼가 부실한가?"

"장인이 만든 루어다. 실물과 거의 흡사하다고. 문제는 그게 아닌 것 같아. 그냥 재수가 없는 거지 뭐."

"그런가? 네가 그렇다면 그런 것이겠지."

현우는 보온병에 담겨 있던 뜨거운 물을 뜯어놓은 컵라면에 부어 강수에게 넘겼다.

"자, 받아."

"소주는?"

"챙겼지."

"좋아, 이게 바로 자유라는 것이지!"

그 누구의 눈치도 볼 필요도 없고 채근거리는 사람도 없는 지금이 강수에겐 완벽한 휴식인 것이다.

그는 컵라면을 든 채 소주를 한 병 통째로 입에 물었다.

꿀꺽, 꿀꺽!

"크흐, 죽인다!"

"역시 라면엔 소주지. 거기에 바다가 함께한다면, 더 바랄 것이 없고 말이야."

"그래, 더 이상 바랄 것이 없구나!"

강수와 현우는 어려서부터 답답한 마음이 들 때면 이따금 낚시를 다니면서 시름을 달래곤 했다.

아마도 그들이 이곳에서 마신 술로 따지면 낚시 포인트 앞 바다를 가득 채우고도 남을 것이다.

두 사람은 서로 정보를 교환해가면서 낚시를 시작했다.

"크릴은?"

"가지고 왔어. 냉동되었던 것을 해동시킨 것이라서 싱싱하긴 할 거야."

"좋아, 그럼 네 것으로 낚시를 하면 되겠군."

현우는 강수의 낚시가방에 있던 크릴을 미끼 투척용 주걱으로 듬뿍 떠서 자신의 앞에 뿌렸다.

촤락!

이렇게 미끼를 밑밥을 뿌려놓으면 씨알이 가는 놈부터 굵은 놈들까지 다양한 종의 물고기가 몰린다.

그중에서도 수면을 부유하는 물고기들을 잡아먹는 육식성 물고기들을 낚는 것이 오늘의 포인트인 것이다.

강수와 현우는 잡히지 않을 고기를 굳이 기다리지 않고 서로 얘기를 나누면서 시간을 보냈다.

"요즘은 좀 어때? 사업이 꽤 잘되는 것 같던데."

"잘되긴, 그냥 그래. 베트남 쪽 유전이 터져서 조금 쏠쏠할 뿐이지."

"이야, 내 친구가 유전까지 파내고. 이것 참, 가문의 영광인데?"

"자식, 오버하긴⋯⋯."

이윽고 현우는 두 사람이 걸어왔던 시간에 대해 되짚어봤다.

"기억 나냐? 우리 둘이서 나무를 하러 다녔을 때를 말이야. 그때는 숲에서 짚단을 덮고 자면서 일했는데 말이야."

"후후, 어떻게 잊겠냐? 밤이슬 때문에 추우면 담배 한 개비에 소주 한 잔 걸쳐서 이겨내곤 했는데. 그때가 힘들긴 했어도 재미는 있었어."

"큭큭, 그러게 말이다. 나도 요즘 현장에서 물러나 관리직으로 옮기면서 좀이 쑤시곤 해. 하지만 그 고생을 다시 하라면 절대 사절이야. 요즘은 벌목이 기계화되어서 내가 굳이 발로 뛸 필요가 없어졌거든."

"세상 참 좋아졌네. 그치?"

"맞아. 세상 좋아졌지."

두 사람은 세삼 자신들이 점점 나이를 먹어가고 있음을 실감한다.

이제 그들은 나이에 맞는 고민을 털어놓기 시작했다.

"강수야, 너 혹시 은미를 어떻게 생각하냐?"

"은미? 은미는 소꿉친구지."

"아니, 친구가 아니라 그냥 사람으로서 말이야. 만약 내가 그녀와 결혼한다면 넌 어떻게 할 거야?"

순간, 강수가 고개를 갸웃거린다.

"뭐, 뭐라고? 뭘 한다고?"

"사실은 말이야… 요즘 은미와 교제하고 있어. 결혼도 진지하게 생각하고 있고."

강수는 이혼녀에 아이까지 있는 은미와의 교제가 썩 달갑지 않았다.

"…현우야, 넌 총각이야. 나이도 이 정도면 아직 젊은 편이고. 근데 왜 하필이면 이혼녀야?"

"이혼이라는 것이 흠이라는 사실은 나도 알아. 하지만 사람이 좋잖아? 그 나이에 집도 있고 아이도 제대로 키우고 있고. 무엇보다 사람이 성실하고 진실하잖아."

"그건 그렇지만……."

"다른 것은 됐고, 그냥 사람의 됨됨이만 봐줘. 그렇게 따지면 은미는 괜찮은 여자 아니야?"

"흠……."

그는 현우의 미래를 걱정하는 마음 때문에 은미라는 사람에 대해 제대로 직시하지 못하고 있었다.

만약 그녀가 이혼을 했다는 점만 뺀다면, 당연히 괜찮은 여자라는 결론이 도출될 것이다.

"뭐, 사람은 좋지. 좋고말고."

"그러니까 말이야. 나는 앞으로 1년 후에 그녀와 결혼할 생각이다. 넌 어떻게 생각해?"

"나야, 당연히 말리고 싶지. 은미에게도 그렇고, 너에게도 그렇고 아주 힘든 일이 될 거야. 한 번 깨졌던 가정이 다시 이뤄지는 것은 쉽지 않아. 잘못하면 은미와 설화에게 상처만 주고 말지도 몰라."

"그래, 그런 사실은 익히 알고 있어. 하지만 내가 잘하면 되는 것 아니겠냐?"

"거 참……."

이제 막 반년이 다 되어가는 그녀와의 만나는 동안, 그는 많은 것을 깨달은 모양이었다.

만약 그렇지 않았다면 이런 확신을 하긴 힘들었을 것이다.

하지만 강수는 세간의 시선들과 집안의 반대를 무릅쓰고 과연 결혼에 성공할 수 있을지 걱정되었다.

어지간하면 두 사람이 만나는 것이 틀어졌으면 하고 생각하게 되는 강수다.

"정말, 정말 고심하고 고심해도 생각이 변하지 않는 거냐?"

"물론."

"흠……."

처음에는 그저 반대를 했었던 강수가 이내 두 사람을 인정하기로 했다.

"네가 좋다는데 내가 딱히 반대를 할 이유는 없지. 은미는 어떻게 생각하고 있어? 같은 생각이야?"

"아니, 아직까지 그녀는 신중한 모습이야. 뭐, 앞으로 내가 잘하면 마음이 돌아서겠지."

"자식, 굳이 힘든 길을 선택하겠다니… 친구로서 마음이 좋지 않다만, 두 사람만 괜찮다면 새 출발을 해보는 것도 나쁘지는 않겠네. 잘해 봐!"

"고맙다!"

이윽고 강수는 곧장 자리에서 일어선다.

"가자, 은미와 한잔해야겠어."

"으, 은미와……?"

"잊은 모양인데, 은미와 나도 친구야. 한잔할 수도 있지."

"그렇긴 하지만……."

강수는 얼굴빛이 조금 어두워진 그의 어깨를 두드리며 말했다.

"걱정하지 마라. 네 여자 안 잡아먹는다."

"고, 고맙다……."

사리를 털고 일어선 두 사람은 곧장 강릉 시가지로 향했다.

＊　　　＊　　　＊

저녁 8시, 강수는 은미의 집에서 간단히 술을 한잔하기로 했다.

오늘의 메뉴는 주문진 수산시장에서 직접 떠 온 활어 회와 매운탕이다.

은미는 낚시를 떠났다가 빈손으로 돌아온 두 사람을 살짝 면박하듯 웃는다.

"이런 끈기 없는 녀석들… 낚시를 갔다가 그냥 돌아오는 사람이 어디 있어?"

"사 먹으나 떠 먹으나 먹는 것은 마찬가지지. 투덜거리지 말고 그냥 먹어."

"후후, 알겠어. 그냥 장난 한번 쳐 본거야."

지금은 설화가 뉘엿뉘엿 눈이 감길 때라서 당분간은 조용히 술만 마셔야 할 것이다.

강수는 안주가 절반쯤 떨어질 때까지 기다렸다가 설화의 취침을 확인한다.

"아이는?"

"이제 막 잠들었어."

그러자, 강수는 이내 묵혀두었던 이야기를 꺼내기 시작했다.

"애기 들었다. 현우와 교제하는 중이라면서?"

"들었어……?"

"이 자식들, 나만 쏙 빼놓고 자기들끼리 알콩달콩 비밀 연애를 즐기고 있었군?"

그녀는 어색한 표정으로 미소를 지었다.

"미안… 내가 이혼녀라서 말하기가 좀 그랬어. 강수, 네가 어떻게 생각할지 잘 몰라서."

"뭐, 나야 너희들만 좋다면 뭐라고 할 입장은 아니지. 솔직히 현우의 얘기를 끝까지 듣기 전에는 반대도 했었어. 현우, 이 자식이 너와 결혼까지 생각한다고 호들갑을 떠는 바람에 말이야."

"아아, 벌써 그런 얘기를……."

"우리가 다시 만난 이후로 반년이 넘게 지났어. 충분히 그런 생각을 할 수도 있지."

"하긴……."

"앞으로 일이 어떻게 될지는 모르겠다만, 현우의 마음만 변하지 않는다면 세간의 시선이나 반대는 충분히 이겨낼 수 있지 않겠어?"

"…고마워, 강수야."

"별말씀을."

이윽고 강수는 자신이 생각하고 있는 바를 두 사람에게 피력한다.

"사람이라는 것이 말이야, 서로 만나서 합일하는 것이 썩 쉽지는 않은 것 같아. 알다시피 세상에 사람이 좀 많아야지. 그런데 하필이면 두 사람이 만난 것이 무슨 이유이겠어? 다 인연이기에 그런 것 아니겠어? 만약 서로 이어지게 된다면, 끝까지 초심을 잃지 말았으면 한다. 그게 내 유일한 바람이야."

"고맙다, 정말."

"고맙긴, 나도 너희들 친구인데 무작정 반대만 할 수 있냐? 서로 좋다면 반대할 이유가 전혀 없지."

오랜만에 말을 많이 한 강수는 슬슬 목이 타기 시작했다.

"자자, 이렇게 축 쳐져서 초상이나 치르고 있지 말고 술이나 마시자. 아직 결혼을 공표한 것도 아닌데 벌써부터 의기소침해질 필요는 없잖아?"

"하하, 그건 그렇지!"

"한 잔 해!"

세 사람은 술잔을 넘겼고, 현우와 은미는 상 밑으로 손을 넣어 서로의 손을 꼭 붙잡았다.

강수는 그런 그들에게 실소를 흘리며 말했다.

"지금이 무슨 조선시대냐? 연애를 하려면 당당히 해야지."

"그렇지만 아이도 있고……."

"언젠가는 다 알 것 아니야? 그냥 하고 싶은 대로 해. 그게 더 보기 좋아."

"그럼 뭐, 사양하지 않고……."

현우는 강수의 말이 떨어지기 무섭게 그녀의 어깨에 손을 척 올리곤 한껏 미소를 지었다.

"휴우, 이제 좀 살 것 같네!"

"…왜 이래? 강수도 보는데."

"뭐, 어때? 저놈이 우리 편을 들어준다는데 굳이 더 이상 쉬쉬할 필요는 없잖아?"

"그런가…?"

강수가 유독 두 사람의 문제에 신중하고 민감하게 반응했던 것은 은미와 현우 둘 다 소중한 친구하고 생각하기 때문이다.

만약 그렇지 않았다면 애초에 반대라는 것을 하지도 않았을 것이다.

"그래, 기왕지사 시작한 김에 끝을 봤으면 좋겠다. 내후년에 아이도 한 명 낳고."

"어머, 벌써 그런 소리를……."

"벌써라니, 은미야! 지금 네 나이를 생각해봐! 조금 있으면 노산이다!"

"뭐 인마?"

"큭큭! 그렇게 시원스럽게 행동하란 말이야. 그래야 사람
사는 맛이 좀 나지."

강수는 그녀에게 일부러 장난을 걸어 분위기를 한결 누그
러뜨렸다.

그제야 스르르 피어오르는 그녀의 미소에 강수는 그 미소
가 평생 이어지길 바랐다.

*　　　*　　　*

늦은 밤, 강수는 윤하가 운영하는 약국 앞을 서성였다.

"흠… 어쩌지?"

생각 같아선 그녀와 술을 한잔 주고받고 싶었으나, 중국에
있을 두 여자 때문에 그렇게 하지 못하고 있었다.

차원의 문을 열어 그 무리들을 고향으로 되돌려 보낸다면
몰라도, 지금 그녀들이 저렇게 두 눈을 시퍼렇게 뜨고 살아
있는데 윤하를 만나기가 상당히 껄끄러웠던 것이다.

게다가 언젠가는 네르샤와 동침까지 해야 하는 강수에게
윤하는 아픈 사랑니와 같은 존재였다.

"에라, 모르겠다……."

일단 강수는 그녀와의 관계를 점점 소원하게 만들어 사이

가 멀어지도록 수를 쓸 생각이다.

그녀와의 짧았던 추억이 아쉬웠지만 더 이상 여자를 끌어들여 복잡한 상황을 만들긴 싫었던 것이다.

이윽고 돌아선 강수는 곧장 집으로 향했다.

바로 그때였다.

지이이이잉ㅡ!

[최윤하]

그녀에게서 걸려온 전화에 강수는 이 전화를 받을지 말지 고민에 빠져들었다.

'어쩌면 좋지?'

다른 것은 몰라도 사람의 마음을 가지고 장난을 치는 것이 얼마나 나쁜 것인지 잘 아는 강수로선 독하게 마음을 다잡을 수밖에 없었다.

'에라, 모르겠다!'

그는 수신 거부를 눌러버렸고, 이내 차에 시동을 걸었다.

부르르르릉!

복잡한 표정의 강수, 그는 곧장 집으로 향했다.

대략 10분 후, 강수는 잠시 꺼두었던 핸드폰을 꺼냈다.

[부재중 수신 1건 ㅡ 최윤하]

"또 전화를 했었군……."

만약 두 사람이 정식으로 교제를 하고 있었다면 몰라도 그저 좋은 감정만 가지고 있는 상태에선 전화를 반복하기가 힘들었을 것이다.

그나마 강수는 그녀와 더 이상 사이를 진전시키지 않은 것이 잘한 것이라고 생각했다.

"그래, 대부분의 남녀 사이가 이렇게 끝나는 것이지."

진솔한 얘기가 오가긴 했으니, 앞으로 그녀에게 연락이 오면 친구 사이로 남게끔 잘 유도를 하면 될 것이다.

강수는 더 이상 신경을 쓰지 않기로 마음을 먹었다.

"에라, 모르겠다!"

이윽고 그는 집안으로 쏙 들어가 버렸다.

*　　*　　*

이른 새벽, 윤하는 홀로 집에 앉아 맥주를 마시고 있었다.

꿀꺽, 꿀꺽!

"흐음, 좋구나."

혼자 마시는 맥주가 익숙해진 그녀로선 이 시간이 하루 중 가장 행복한 시간이었었다.

하지만 최근에는 이따금 강수를 만나 갖게 되는 술자리가 너무나도 즐거워 잠깐 혼자만의 시간을 잊어가는 중이었다.

하지만 불과 몇 시간 전에 일어난 사건으로 인해 그녀는 마음을 돌리게 되었다.

"일부러 전화를 안 받다니… 나에게 했던 말은 그저 가벼운 수작이었을까?"

그녀는 자신의 약국 앞에 있던 강수를 발견했고, 그를 대략 10분정도 지켜보았다.

그러다 그녀는 강수에게 전화를 걸어 깜짝 놀라게 해주고 싶다는 생각이 들었던 것이다.

헌데, 그는 윤하에게 걸려왔던 전화를 수신 거부로 돌린 후에 곧바로 차를 타고 떠나버렸다.

도대체 그녀의 약국 앞에서 서성거렸던 이유는 무엇이며, 또한 그녀의 전화를 피한 것은 무엇인지 이해할 수가 없었다.

그래서 오랜만에 홀로 맥주를 마시면서 생각을 정리하고 있었던 윤하였다.

"…내가 싫은 거구나."

그녀는 급기야 강수가 자신을 싫어해서 피하는 것이라고 단정 짓게 되었다.

듬직하고 마음이 넓은 강수에게 반해 좋은 관계로 발전해 보려 했었던 윤하는 그 덕분에 크게 실망할 수밖에 없었다.

"그래, 나 혼자 김칫국 마신 것이지 뭐. 별것 아니야……."

연애경험이 아예 없는 것도 아니고, 그녀의 나이 역시 그리 적은 편도 아니었다.

하지만 오늘따라 그녀는 사춘기 소녀처럼 자꾸만 차오르는 그에 대한 생각 때문에 계속 술이 당겼다.

꿀꺽, 꿀꺽―!

"후우, 이제야 좀 낫네. 내가 남자 때문에 술을 다 마시다니, 이것 참……."

나름대로는 꽤 인기가 많았던 그녀이기에 지금 강수의 태도가 조금 더 속상한 것인지도 모른다.

그래서인지 자존심도 더 상하고 급기야는 강수가 괘씸하게 느껴지기까지 했다.

"쳇, 내일부터 소개팅도 나가고 선도 봐야지! 흥! 내가 얼마나 인기가 있는데……!"

결국 그녀는 남아 있던 술잔을 모두 비워냈다.

* * *

이틀간의 휴일 마지막 날, 강수는 오늘 늘어지게 잠에 빠졌다.

"드르렁……!"

평소에는 몬스터들과 마피아들을 총괄하느라 이따금 휴식

을 가질 시간이 없었던 강수였다.

그래서 오늘은 아무런 걱정 없이 잠이나 늘어지게 자는 것이 목표였던 것이다.

하지만 동생 지수는 그런 강수를 사정없이 깨워댔다.

"오빠, 오빠!"

"으음, 뭐야? 잘 자는 사람을 왜 깨워?"

"손님이 왔어."

"손님?"

그녀의 성화에 부스스 눈을 뜬 강수는 자리에서 일어나 손님의 정체에 대해 묻는다.

"오늘 같은 휴일에 누가 나를 찾아왔다는 거야? 올 사람이 없는데."

"몰라, 웬 외국인 두 명이 오빠를 찾아왔어. 사이가 썩 좋아 보이지는 않던데?"

순간, 강수는 불안한 기운을 느낀다.

"설마······."

그가 집에 있다는 사실을 알고 있으며, 한국 사람도 아니고 외국인 두 명이 강수를 찾아왔다는 것은 흔한 일이 아니었다.

강수는 불안한 기색을 감추지 못한다.

"···없다고 해."

"뭐? 있는 사람을 무슨 수로 없다고 해?"

"그냥 낚시를 떠났다고 그래. 쉬는 날에 누군가에게 방해를 받고 싶지 않아서 그래."

"하지만 오빠를 보려고 중국에서 날아왔다고 성화던데?"

"괜찮아. 굳이 오늘 보지 않아도 지겹게 볼 얼굴들이야. 그러니 제발……."

바로 그때, 강수의 집 문이 열리며 구릿빛 피부의 여자가 돌입해 들어왔다.

쾅!

"허, 허억!"

"어이, 레비… 아니지, 어이, 이강수 씨! 어디에 숨은 거야?! 집에 있는 거 다 아니까 어서 나와!"

"저, 저 여자, 왜 저래?! 오빠, 빚졌어?"

"아, 아니, 그게 아니고……."

"하하! 빚을 지긴 했지! 정자를 말이야!"

"정자?"

고개를 갸웃거리는 지수, 강수는 자리에서 벌떡 일어나 그녀를 문밖으로 밀어냈다.

"일단 나가서 얘기하지!"

"왜 이래? 내가 못 올 곳에 온 것도 아니고. 아하, 네가 사는 집이 이렇게 생겼군!"

그때 안하무인으로 집안에 처들어 오려는 그녀를 향해 한 여성이 버럭 소리를 질렀다.

"네르샤! 지금 뭐하는 건가요! 집주인이 들어오라고 허락하기 전까진 들어가는 것이 아니라고요!"

"엘프년, 뭔 말이 그렇게 많아? 내가 하고 싶으면 하는 것이지."

그녀의 뒤를 따른 사람은 바로 엘레나, 아마도 네르샤를 말리기 위해 이곳까지 직접 날아온 모양이었다.

강수는 하는 수 없이 두 사람을 방으로 들이기로 한다.

"…젠장, 쉬고 싶어도 쉴 수가 없군! 이쪽으로 들어와. 이곳이 내 방이다."

"드디어 나를 방에 입성시켜주는 건가? 아님, 오늘이……."

"시끄러워. 들어오려면 들어오고, 싫으면 그냥 꺼지던지."

"알겠다. 조용히 하고 들어갈게."

꽤나 거칠게 그녀를 다루는 강수, 지수는 그런 그를 바라보며 경멸스러운 표정을 지었다.

"오빠, 원래 입이 그렇게 거칠었어? 여자를 대하는 태도가 그게 뭐야?"

"아니, 이건 말이지……."

"실망, 아주 대실망이야! 사람이 어쩜 그래?!"

단단히 오해를 해버린 그녀, 그녀의 오해를 풀기 위해 엘레나가 거들고 나섰다.

"아니에요. 저 여자는 그럴 만한 이유가 있어서 지런 취급을 받는 겁니다. 저 여자는 당신의 오빠를 겁탈하려 했어요."

"……."

"그것으로 모자라 아예 평생 성 노리개로 사용하려 했지요. 아마 보통 사람이었다면 칼로 찔러도 모자랄 겁니다."

그녀의 충격적인 애기에 지수는 더 이상 버틸 수가 없는 모양이었다.

"…에라 모르겠다. 아무튼 잘 놀다 가세요. 전 그럼 이만 나가볼게요."

"아, 아니, 지수야! 오빠는 그런 것이 아니고……."

"괜찮아. 오빠는 내 오빠니까 그냥 내가 이해할게. 세상에는 여러 가지 사연이 있는 법이니까."

"……."

아무리 생각해 봐도 이해가 되지 않을 상황, 강수는 그냥 입을 닫았다.

'시간이 해결해… 아니, 그냥 이쯤에서 덮는 편이 나아.'

이윽고 그는 방문을 굳게 걸어 잠가 버렸다.

*　　　*　　　*

네르샤와 엘레나는 강수의 방을 구경하면서 이런저런 물

건을 살펴보고 있었다.

"오오, 이게 바로 인간의 문물이라는 것이군. 도마뱀 년에게 듣기는 했지만 실제로 보는 것은 처음이야."

"인간의 문물이라는 것은 이렇게까지 발전했다. 이곳의 문물은 마법이나 용언을 넘어설 정도야. 과학으로는 못하는 것이 없지."

"흐음, 확실히 그렇군."

그녀는 강수의 사진들이나 전자 기기들을 만지작거리다가 문득 영화 티켓을 발견한다.

"어이, 그런데 이건 뭐야? 상영 시간이라고 적혀 있는데? 얼마 남지 않은 것 아니야?"

"영화라는 것을 관람하기 위한 티켓이다."

"영화! 잘 알지! 녹색 도마뱀이 우리에게 매일 보여주던 것이 아닌가? 꽤 재미가 있더군. 제법 신기하기도 하고."

엘레나는 네르샤가 가지고 있던 티켓을 재빨리 빼앗았다.

팟!

"이, 이게 뭐하는 짓이냐?! 해보자는 거야?!"

"아니요. 그냥 당신에게는 어울리지 않는 것 같아서요. 레비로스, 우리 함께 영화나 보러 갈까요?"

"영화?"

"흥! 저런 무식한 엘프가 뭘 알겠어? 영화는 나와 보러가자!"

"…무식하다니, 당신 같은 언데드의 어머니가 할 말은 아니죠. 썩은 시신들이나 끌고 다니는 주제에!"

"뭐, 뭐야?!"

어지간해선 인신공격을 하지 않는 엘레나이지만, 네르샤와 같이 붙어 다니다 보니 자연스럽게 입이 거칠어진 모양이었다.

강수는 이를 드러내며 으르렁거리는 두 사람을 떼어내며 말했다.

"젠장, 도대체 휴식이라는 것을 허락하지 않는군. 좋아, 셋이 함께 영화를 보러 간다."

"…셋이 함께는 좀 심한 것 아닌가요? 아무리 그래도 저런 무식한 여자와 함께 다니는 것이 좀 걸려서요."

"흥! 그럼 네년이 빠지면 되겠군!"

"뭐예요? 그건 안 되죠! 함께 가요! 어서!"

강수는 하는 수 없이 그녀들을 데리고 영화관으로 향했다.

이른 오후, 강수는 사람들의 시선을 한 몸에 받으며 영화관에 도착했다.

절세미녀를 넘어서 인간의 경지까지 뛰어넘은 그녀들의 미모는 사람들의 시선을 모으는데 부족함이 없었다.

그런데 강수의 곁에 그런 두 여자가 경쟁하듯 팔짱을 끼고 있으니, 남자들은 부러움을 넘어 시기의 시선을 보낼 수밖에 없었다.

"기생오라비처럼 생기긴 했지만, 여자를 둘이나 후릴 놈으로 보이진 않는데……."

"돈이 많은가? 아니면 뭔가 특별한 것이 있나?!"

"……."

그는 이런 불편한 주목을 받는 것이 익숙하지 않았기 때문에 그녀들을 최대한 떼어 놓으려 애를 썼다.

"어이, 두 사람. 이제 좀 떨어져 걷지? 내가 무슨 목발인 줄 아나?"

"하지만 내가 손을 놓는 순간 저년이 손을 잡을 것 아니야? 그런데 내가 미쳤다고 손을 놓아?"

"…당신이야말로 욕심부리지 마시죠! 이런다고 합방이 앞당겨질 것 같아요? 레비로스는 원래 제 남자란 말이에요!"

"쿡쿡! 그렇긴 했었지. 하지만 파혼을 당했잖아? 그런데 무슨 너의 남자야?"

"그렇지만 이미 함께 잠을 잤다고요. 당신은 손조차 제대로 잡지 못했잖아요?"

"…억울하군!"

"호호호! 그래요, 억울하겠죠! 무려 500년이나 기다렸음에도 불구하고 눈길 한 번 받지를 못했으니! 쯧쯧, 여자로선 최악이군요!"

"……."

강수는 이렇게 기가 센 두 여자와 함께 있으려니, 아주 삭신이 다 쑤셔오는 것 같았다.

'제기랄, 휴일에 이게 무슨 날벼락이야?

두 여자들 사이에 끼어 지옥을 맛보고 있던 강수에게 또 하나의 시련이 찾아온다.

"강수 씨?"

"어, 어어……."

"…오랜만이네요."

영화 티켓을 구매하기 위해 대기하고 있던 그에게 윤하가 말을 걸어온 것이다.

강수는 워낙 당황한 나머지 아무런 대답을 하지 못했고, 그런 그를 대신해 네르샤가 말을 건넸다.

"뭐야? 이 먹다 만 오징어 같은 여자는?"

"……."

"네르샤, 먹다 만 오징어가 뭔가요? 멀쩡히 걸어 다니는 사람에게. 죄송해요, 이 여자, 정신이 좀 이상해서요."

그녀는 여전히 강수의 양쪽 팔에 매달려 있는 두 사람을 발견하곤 이내 미소를 지었다.

"아아, 이런 사정이……."

"아, 아니요, 이건 그냥 동료들이 놀러온 겁니다. 오해는 하지 마세요."

"그래요?"

이윽고 그녀는 쌀쌀맞게 돌아섰고, 강수는 자신도 모르게 그녀를 붙잡는다.

"잠깐만요!"

"…무슨 일이시죠?"

"이렇게 돌아서시면 내가 너무 불편합니다. 해명은 듣고 가세요."

강수는 그녀에게 지금 이 상황에 대해 설명하려 했으나, 그녀는 고개를 갸웃거릴 뿐이다.

"제가 왜요? 우리가 무슨 사이라도 되었던가요?"

"……."

"…잘 계세요. 앞으론 더 이상 연락하지 말았으면 하네요."

이내 멀어지는 그녀, 강수는 죽을상이 되어 네르샤와 엘레나를 바라본다.

"휴우… 일이 너무 꼬이네……."

"뭐야? 무슨 일이야? 저 여자도 네 여자였나? 그래서 저렇게 심통이 난 건가?"

"도대체 환생해서 몇 명의 여자들을 만나고 다닌 건가요?"

"…됐으니까 영화나 보러 가자."

어차피 끝날 사이인데 얼을 내봐야 무엇 하냐는 생각이 든 강수였다.

'그래, 뭘 어쩌겠어? 어차피 흐지부지될 사이인데.'

그는 두 사람을 데리고 영화관 안으로 향했다.

*   *   *

늦은 밤, 윤하는 홀로 포장마차에 앉아 있었다.

꿀꺽!

"크흐, 좋구나!"

오늘따라 유난히 쓴 술이 목구멍을 따라 술술 넘어가는 그녀다.

윤하는 오늘 극장 앞에서 본 그녀들을 도저히 잊을 수 없어 연거푸 술을 넘겼는데, 벌써 소주를 두 병이나 비워냈다.

하지만 여전히 그녀의 가슴에서 난 불이 쉽사리 꺼질 기미를 보이지 않고 있었다.

"그런 미녀가 두 명씩이나… 도대체 저 사람은 나를 어떻게 생각했던 것일까?"

강수가 그럭저럭 쾌남형이긴 하지만 여자를 한 트럭씩이나 짊어지고 다닐 정도로 매력적이라고 생각하지 않는 그녀였다.

그러나 강수는 요즘 한창 잘 나가고 있었기에 어쩌면 애첩을 두 명씩이나 끼고 다녀도 문제 될 것 없지 않나, 라는 생각도 해봤다.

"그냥… 내가 사람을 잘못 본 탓이지 뭐."

이 사실을 은미에게 고할까 생각했던 그녀는 이내 생각을 접었다.

"그래, 내일부턴 정말로 선이라도 보고 다녀야지."

그녀는 강수보다 더 나은 남자가 있을까 싶기도 했지만 나름대로 괜찮은 남자들을 낚을 수 있다고 생각했다.

"난 약사에 비주얼도 괜찮은데 뭐가 문제야? 흥! 너보다 내가 더 잘살면 되는 것 아니야!"

그렇게 스스로를 위안하며 마신 술이 세 병, 그녀는 이내 자리에서 일어섰다.

"살찌면 안 되지! 이모, 여기 계산이요!"

더 이상 자신을 망가뜨리지 않겠노라며 스스로를 채찍질하는 그녀였다.

제5장
정복의 시작

러시아 모스크바의 뒷골목.

다니엘과 강수가 시끄러운 이곳을 지나가던 중이었다.

쨍그랑, 와장창!

"으하하! 부어라, 마셔라!"

"오호호호!"

취객들의 난동이 계속되는 이곳은 한시라도 조용할 날이 없는 곳이었다.

강수는 그런 취객들 사이를 비집고 골목 깊숙한 곳으로 발걸음을 옮겼다.

다니엘은 익숙한 걸음으로 강수를 안내하고 있었는데, 두 사람은 '지상낙원'이라는 글귀가 적힌 작은 선술집 앞에 멈추어 섰다.

"이곳인가?"

"예, 보스. 안으로 들어가시죠."

그는 직접 문을 열어 강수를 지상낙원이라는 술집 안으로 안내했고, 강수가 안으로 들어가자마자 그 역시 뒤를 따랐다.

끼이이익ー

거친 마찰음이 들리는 술집, 강수는 지상낙원의 안을 천천히 살펴봤다.

이 작은 술집은 지상낙원이라는 이름과는 너무나도 거리가 먼 인테리어로 가득했는데, 대표적으로는 술집 안에 술을 마실 만한 곳이 없다는 점 등이었다.

술집에 술을 마실 만한 공간이 없다니, 강수는 실소를 머금는다.

"경찰이 이곳에 들어선다면 충분히 의심을 하고도 남을 곳이군."

"뭐, 인테리어는 중요한 것이 아니지요."

이윽고 그들의 앞으로 실크 소재의 원피스를 입은 육감적인 여성이 모습을 드러냈다.

그녀는 입가에 물담배 파이프를 문 채 두 사람을 맞는다.

"어라? 이게 누구야, 다니엘 아니야?"

"오랜만이군."

"후후, 다니엘이 이곳을 다 찾다니. 나의 품이 그리웠나?"

"가끔 술이 고플 때면 당신의 걸쭉한 교성이 그립긴 했었지."

"…여전히 섹시하단 말이지!"

강수는 이들의 너무나도 직설적인 음담패설에 눈살을 찌푸렸다.

"두 사람이 내연의 관계였던가?"

"가끔 술을 마시고 나면 함께 밤을 보내곤 했지요. 서로 속궁합이 잘 맞아서 이따금 함께 지내곤 합니다."

"그렇군."

이윽고 그녀는 강수를 바라보며 묻는다.

"그나저나 이분은 누구?"

"새로운 보스시다. 내가 앞으로 평생 모시게 될 사람이지."

"아아, 보스! 당신에게도 보스가 있었던가? 그 제이스틴이라는 조직은 마피아 조합 같은 것 아니었어?"

"그 조직에선 이미 나왔다."

"호오, 그래?"

그녀는 오랜만에 자신을 찾은 다니엘의 온몸을 위아래로

훑어보다 손등에 새겨진 강수의 문양을 발견했다.

"문신을 새겼군. 조직을 옮겼다는 뜻에서 새긴 거야?"

"그래, 맞아. 나는 앞으로 죽을 때까지 이 조직에 몸을 담을 것이다."

"재미있군. 당신이라는 남자가 충성이라는 소리를 다 하다니 말이야."

"사람은 변하는 법이지."

강수는 일상적인 대화를 나누던 두 사람에게 말했다.

"회포는 일이 끝나고 나서 차차 풀기로 하고 일 얘기부터 하지."

"후후, 좋아요. 나를 찾아온 이유가 뭐죠?"

"신분을 사러 왔소. 꽤 많은 신분이 필요해서 이에 맞는 장사꾼을 찾다 보니 자연스레 당신을 찾게 되더군."

"많은 신분이라… 양이 얼마나 되죠?"

"대략 4천 개요."

순간, 그녀가 고개를 갸웃거린다.

"민족대이동이라도 해요? 무슨 신분을 4천 개나 매입해요?"

"그럴 만한 사정이 있소. 조직을 새로 꾸리자니 신분이 많이 필요하다고 해두지."

"뭐, 좋아요. 장사꾼이 돈만 받으면 그만이지, 그 사정은

들을 필요가 없지요."

그녀는 강수에게 필요한 연령대와 국적 등을 물었다.

"어떤 국적의 사람들이 필요한가요?"

"2천 명은 유라시아로 구해 주시고, 나머지는 전부 중남미로 구해 주시오. 러시아 국적도 괜찮고 구소련 령에 속했던 국가들도 괜찮소. 중남미의 신분들은 알아서 해주시고."

"으음, 좋아요. 신분을 구하기 쉬운 곳으로 알아보지요. 하지만 시간이 꽤 걸려요. 돈도 상당히 많이 들 것이고요."

"돈은 얼마가 들어도 좋소, 최대한 빨리 부탁하오."

"알겠어요. 한 달 안에 구하도록 하죠."

강수는 그녀에게 선수금으로 천만 달러에 달하는 무기명 채권을 건네며 말했다.

"선수금이요. 만약 당신이 보름 내로 신분을 모두 구하게 된다면 이것은 선수금이 아니라 보너스가 될 것이오."

"어머나, 씀씀이가 꽤나 화끈하신 분이군요?"

"그만큼 시간이 귀하다는 뜻이지."

그녀는 슬그머니 미소를 지었다.

"후후, 좋아요. 보름이라, 한번 맞춰 보도록 하죠."

"그럼 믿고 가겠소."

"연락은 다니엘을 통해서 드리면 되겠죠?"

"알아서 하시오."

"알겠어요."

이윽고 술집을 나서는 강수, 다니엘 역시 그의 뒤를 따르려 한다.

하지만 그는 손을 내저어 그를 만류했다.

"이곳에 남아라. 내일까지 실컷 즐기고 와."

"하지만……."

"괜찮아. 이 또한 신분을 구해 주는 대가라고 해 두자고."

"알겠습니다."

그의 지시대로 술집에 남은 다니엘, 그런 그에게 그녀가 화끈하게 달려들었다.

"보고 싶었어!"

"큭큭, 내 몸이 그리웠던 것은 아니고?"

"…짓궂긴!"

두 사람은 이내 격정적으로 몸을 섞기 시작한다.

*　　　*　　　*

KS투자개발의 본사가 위치한 중국 상하이, 강수는 이곳으로 새롭게 영입한 두 사람을 데리고 왔다.

"인사하십시오. 네르샤와 엘레나입니다."

"반가워요."

렉시는 늘씬하게 잘 빠진 두 사람을 바라보며 무표정하게 인사를 건넸다.

"렉시입니다. 보스를 보좌하고 있지요."

"렉시라, 꽤나 육감적인 느낌이 나는 이름이군. 가명인가?"

"개인사를 캐묻지 않는 것이 불문율입니다."

"…철두철미한 물건이군."

강수는 네르샤와 엘레나에게 세상 물정을 배우고 이 세상에 적응할 수 있도록 하는 훈련을 시킬 예정이었다.

원래 네르샤는 적진에 침투하여 요인을 암살하거나 정보를 캐는 일을 했으니, 조금만 공부한다면 충분히 제 역할을 해낼 수 있을 터였다.

엘레나 역시 전장에서 평생을 보낸 여자이기에 현대에 적응하고 나면 정보원으로서 역할을 톡톡히 해낼 것이다.

강수는 두 사람에게 직원카드와 법인카드를 건네며 말했다.

"이 세상에 적응하자면 공부가 필요할 것이다. 이것으로 비용을 충당할 수 있도록."

"카드?"

네르샤와 엘레나는 이미 아르테미스의 노트북을 통해 이 세상이 대략 어떻게 돌아가고 있는 것인지 공부했다.

하지만 중요한 것은 실전, 강수는 그것을 두 사람에게 가르치려는 것이었다.

"비용은 걱정하지 말고 사용해라 대신, 이제부터 두 사람은 렉시를 따라다니면서 세상 물정에 대해 배울 수 있도록 해라."

"왜 하필이면 이 여자인가요?"

"따라다니다 보면 자연스레 깨닫게 될 것이다."

"뭐, 좋아요."

렉시는 두 여자를 데리고 외근을 준비했다.

"기왕지사 일을 배울 것이라면 밑바닥부터 시작하는 편이 좋겠군요. 따라오세요."

"후후, 좋아. 원래 그 바닥을 가장 잘 아는 것은 밑바닥이지."

두 사람은 그녀를 따라 회사 밖으로 나섰다.

렉시는 그녀들과 함께 런던의 한 뒷골목에 도착했다.

"세상 물정은 누가 알려주는 것이 아닙니다. 당신들은 내가 하는 것을 보고 배우세요. 그것만이 유일한 방법입니다."

"알겠다."

그녀는 자신이 보유하고 있는 정보줄에 대한 정보가 들어있는 PDA를 두 사람에게 건넸다.

"이 사람들은 내가 가지고 있는 인맥 중에서도 가장 신뢰할 수 있는 정보장사꾼들입니다. 때론 증권가의 찌라시를 만들어 내거나 뜬소문으로 조직을 움직이기도 하지요."

"찌라시라, 들은 적이 있는 것 같군. 그것을 만들어 내는 사람들이 바로 정보장사꾼들이었나?"

"반은 맞고 반은 틀려요. 때론 대기업에서 만들어 내기도 하고 정치인들이 만들어 내기도 해요. 하지만 그것은 대부분 헛소문이죠. 하지만 이 사람들이 만들어내는 찌라시는 진짜입니다. 알짜배기 정보라고 해도 과언이 아니죠."

"뭐야, 그럼 이 사람들만 손에 틀어쥐고 있어도 돈을 버는 일은 식은 죽 먹기겠군."

"그렇다고 볼 수도 있죠. 하지만 무릇, 돈을 버는 것은 강성한 세력이 있어야 가능한 일입니다. 지금의 당신들에게 이 정보를 쥐어준다고 해도 돈을 벌수는 없어요, 세력이 받쳐주지 못하기 때문이죠."

"흠……."

"아무튼 나를 따라와서 어떻게 거래가 이뤄지는지 잘 봐요."

"알겠다."

두 사람은 렉시를 따라 뒷골목 정보장사꾼 마이트를 찾았다.

마이트는 탈루와 탈세 혐의에 대한 찌라시를 수집하는 정보장사꾼이었는데, 그에게선 검찰도 따내지 못한 정보들을 얻어낼 수 있었다.

그녀는 마이트의 본거지인 구둣방을 찾았다.

딸랑!

"어서옵쇼!"

"구두를 좀 닦아야겠다. 광은 무광으로."

"알겠습니다!"

이곳을 지키는 구두닦이는 나이가 지긋한 노인이었지만, 어쩐지 목소리가 상당히 젊은 것 같았다.

엘레나는 그가 복면이나 인면피구를 착용하고 있다는 것을 어렵지 않게 알 수 있었다.

'아아, 저 사람이 바로 정보장사꾼이구나!'

그녀의 예상대로 노인은 곧장 안면에 쓰고 있던 인면피구를 떼어내 자신의 정체를 드러냈다.

부우우욱!

한 꺼풀 얼굴을 뜯어내고 나니 그 안에 숨어 있던 한 여성이 얼굴을 드러냈다.

"오랜만이네?"

"요즘 장사는 좀 어떤가?"

"뭐, 그럭저럭 먹고살 만해. 넌?"

"보시다시피 멀쩡하게 살아 있다."

"후후, 그래. 살아 있으면 된 것이지."

그녀는 렉시의 뒤에 있는 두 여자를 바라보며 물었다.

"그나저나 두 사람은 누구?"

"수강생이라고나 할까?"

"아아, 제자를 양성하는 중인가?"

"…비슷하다고 해 두지."

이윽고 그녀는 렉시에게 필요한 정보가 무엇인지 물었다.

"이번엔 무슨 정보가 필요해?"

"루한스 금융에 대한 정보가 필요하다. 그들이 가지고 있는 자금과 불법적인 대리명의 현황이 필요해."

"공식적인 것 말고 비공식적인 정보를 원하는 것이군?"

"그렇다. 돈은 추가로 더 지불하도록 하지."

"좋아, 잠시만 기다려."

그녀는 렉시의 주문을 받곤 이내 핸드폰을 꺼내어 검색을 시작했다.

타다다다닥!

손가락 몇 번 움직여 찾아낸 정보들은 개당 10만 달러라는 가격이 책정된다.

"다해서 40만 달러가 되겠군. 대금은 어떻게 치를 거야?"

"금으로 하지."

"좋아."

렉시는 은색 수트케이스에 들어 있던 금괴들을 꺼내어 그녀에게 건넸다.

"이 정도면 되겠나? 한국에서 발행한 99.99%의 순금이다."

"좋아, 인장만 있다면 별 상관이 없지."

네르샤는 이 두 사람이 거래하는 방식에서 몇 가지 특이한 점을 간파해냈다.

'현금은 사용하지 않고 거래는 최대한 가볍게 진행하는군. 하지만 뭘 믿고 저런 거금을 건네는 것이지?'

의문을 갖는 네르샤에게 렉시가 알아서 설명을 덧붙인다.

"정보는 정확도와 신뢰가 생명입니다. 그녀와의 거래가 오래되면서 그 정확도와 신뢰도가 꽤 높다는 것을 알게 되었기에 이런 거금을 건네는 겁니다. 알겠습니까? 아무리 밑바닥 인생이라곤 해도 신용도는 생명이에요."

"흐음, 그렇군."

정보를 사고 파는 사람들은 루야나드에서도 심심치 않게 찾을 수 있었지만, 이렇게 쉽게 구할 수 있는 것은 아니었다.

네르샤와 엘라나는 잘하면 자신들이 살아왔던 루야나드보다 이곳에서의 활동이 더 쉽겠다는 생각을 했다.

'첨단이라는 것은 이래서 좋은 것이군.'

이윽고 정보를 얻어낸 세 사람이 구둣방을 나섰다.

"그럼 우리는 간다. 나중에 또 보도록 하지."

"잘 가."

이번에 렉시는 그녀들을 데리고 증권가로 향했다.

*　　　*　　　*

증권가는 재화들이 가장 많이 몰리는 곳이며 정보의 바다가 응축되어 군도를 이루는 바닥이라고 할 수 있다.

렉시는 증권가 아웃사이드에서 정보를 팔아먹는 장사꾼과 접촉을 시도했다.

이번에 그녀가 접촉하게 될 사람은 피레나 증권사에서 차장을 역임하고 있는 사람이었다.

하지만 회사에서 그의 영양가는 그리 높지 않았고 그저 그림자처럼 자신의 할 일만 열심히 하는 회사원이었다.

그러나 뒷골목에서 그의 이름은 꽤나 유명했는데, 톰슨이라는 별명을 모르는 사람이 없을 정도였다.

렉시는 뒷골목 장사꾼 프루토에게서 구한 정보들이 과연 얼마나 신뢰할 수 있는지 확인했다.

그는 자신이 가지고 있던 정보들과 증권회사의 전산을 통하여 재산목록을 확인해 줬다.

"정확도가 거의 70%에 달하는군. 열에 일곱은 사실이야."

"규모와 명의도 확실한가?"

"물론."

네르샤와 엘레나는 역시 이 바닥에서의 신뢰는 검증이 필요하다는 것을 깨닫는다.

아무리 정보가 고급이라고 해도 그것을 검증할 수 없으면 그저 종이 쪼가리에 불과한 것이다.

렉시는 그에게 루한그 금융이 차명으로 자금을 관리하고 있는 명의자들에 대해 묻는다.

"이 사람들에 대해 수소문해 줄 수 있나?"

"가능하지. 하지만 그만한 돈이 필요하다는 것쯤은 알고 있겠지?"

"장사 한두 번 해보나?"

"후후, 좋아. 내일까지 명의자들을 전부 다 추려 전달하도록 하지. 금액의 전달은?"

"무기명채권으로 하지."

"알겠어. 어디로 연락을 줄까?"

"지하철 보관함을 이용하자. 번호를 받아서 핸드폰 문자로 전송하겠다."

"그래, 그렇게 하지."

네르샤와 엘레나는 어째서 강수가 그녀를 따라다니라고 말했던 것인지 이해할 수 있었다.

'정말 이론과 실제는 판이하게 다르군.'

두 사람은 이 사실을 너무나도 잘 알고 있었지만 지금처럼 확실하게 느낀 적은 처음이었다.

이것은 바로 정보의 바다인 현대가 가진 치명적인 약점이었는데, 렉시는 그 약점을 정면으로 돌파할 수 있는 방법을 터득하고 있었던 것이다.

다음날.

렉시는 강수가 원했던 루한스 금융이 가지고 있는 명의 대여 고객들에 대한 명단을 모두 확보할 수 있었다.

이제 남은 것은 그것들이 지금 실제로 명의 대여가 되고 있는지만 파악하면 끝이다.

렉시는 직접 발로 뛰면서 그들의 근황과 자금 사정 등을 수소문하고 다녔다.

맨체스터 시가지 중앙지역에 있는 여관을 찾은 그녀는 주인에게 한 남자의 사진을 보여주며 물었다.

"이런 사람이 자주 찾아온다고 들었습니다. 맞습니까?"

"누구시죠?"

그녀는 지갑에서 영국중앙경찰청 소속 형사의 신분증을 꺼내들었다.

"경찰입니다. 수사에 협조해 주시면 감사하겠습니다."

"아, 그렇군요."

렉시는 다양한 신분을 확보하여 그때마다 상황에 맞춰 그것을 자유자재로 사용했다.

이런 탐문의 경우엔 당연히 형사나 기자의 신분이 있다면 상당히 유리하게 작용하게 될 것이다.

그녀는 경찰청 로고가 박힌 수첩을 꺼내 진짜 탐문 수사를 펼치는 것처럼 필기를 시작했다.

"이 사람, 그러니까 제임스 박이 최근에 묵은 적이 언제입니까?"

"한 삼일쯤 되었지요."

"그전에는 얼마나 자주 묵었습니까?"

"내연녀와 관계를 맺을 때마다 묵었으니까 시도 때도 없었죠."

"아아, 그러니까 그 사람이 바람을 피울 때마다 이곳에서 잠을 잤다는 것이지요?"

"잠을 잘 때도 있고 금방 관계만 맺고 나갈 때도 있었지요."

왜 하필이면 이런 작은 여관에서 내연 관계를 즐겼는지는 알 수 없지만, 그가 이곳에 머물렀던 것은 확실해 보였다.

"알겠습니다. 협조해 주셔서 감사합니다."

"별말씀을요."

이윽고 렉시는 그녀들을 데리고 여관을 나와 런던 시청 인근으로 향했다.

렉시는 폭넓은 인간관계를 유지하고 있으면서도 그 선을 넘지 않는 철저함을 신조로 삼고 있었다.

런던 시청에서 근무하는 정보원 로이드는 민원과에서 15년째 근속하고 있는 성실한 사람이었다.

그녀는 로이드에게 일부러 접근하여 각종 정보를 빼내었다.

로이드는 그녀의 부름에 열 일을 제쳐두고 시청 앞에 있는 카페로 달려갔다.

그는 렉시가 원하는 정보들에 대한 것들을 USB에 담아서 가지고 왔다.

"렉시! 너무 오랜만이군! 도대체 그동안 어디서 뭘 하다가 이제야 나타난 거야? 내가 당신을 얼마나 보고 싶어 한 줄 알아?"

"그럴 만한 사정이 있었어. 아무튼 이곳에 들어 있는 정보의 신뢰성은 보장할 수 있는 것이겠지?"

"물론. 내가 당신에게 거짓 정보를 줄 사람으로 보여?"

"뭐, 세상이 워낙 흉흉하잖아? 당신은 일반인이고 나는 뒷골목 인생인데, 당신이 나를 배신해도 이상할 것이 없잖아?"

"나를… 그런 식으로 매도하면 내 마음이 너무 아프잖아.

다음부터는 그런 의심은 품지 말았으면 좋겠어. 아무리 세상이 변해도 당신에 대한 내 마음은 변하지 않아."

렉시는 살짝 고개를 끄덕인 후, 자리에서 곧장 일어선다.

"아무튼 정보 고마워."

"가, 가는 거야?"

"알잖아? 내가 당신과 오래 있어봐야 좋을 것이 없어. 지금도 여전히 인터폴이 나를 쫓아다니고 있으니까."

그녀는 일부러 인터폴에 쫓기는 국제사범인 척 연기하며 더 이상 관계가 진전되지 못하도록 했다.

하지만 그는 만날 때마다 자신이 감옥에 가는 것은 전혀 두렵지 않다며 그녀를 붙잡았다.

"사랑은 그 어떤 것으로도 막을 수 없어. 당신과 내가 함께 나란히 감옥에 간다면, 얼마나 로맨틱한 일이야?"

"…그럼 우린 두 번 다시 만날 수 없겠지. 나는 이번에 잡히면 종신형이거든."

"아아……!"

"아무튼 다음에 만날 때까지 몸 건강히 지내라고. 내가 해줄 수 있는 것은 그것뿐이야."

그녀는 로이드의 얼굴을 손으로 살며시 쓸어내리더니, 이내 자리에서 벌떡 일어섰다.

스윽—

"그럼 난 이만……."

"렉시! 사, 사랑해!"

어떻게 남자를 손길 하나로 저렇게 요리할 수 있는 것인지, 두 여자는 도저히 이해를 할 수 없었다.

"빚을 수백억 대로 졌나? 왜 저렇게 약 먹은 병아리마냥 정신을 못 차리는 거지?"

"이게 바로 얼굴을 무기로 삼는 정보력의 힘입니다. 명심해두는 것이 좋아요."

"흠……."

사실, 그녀들이 보기에 렉시의 외모는 동족들에 비해 상당히 보잘 것이 없을 정도였다.

이런 여자도 남자들을 저렇게 후리고 다니는데, 그녀들이 만약 앞 선에 나선다면 과연 무슨 일이 일어날 지 아무도 알수가 없을 터였다.

"뭐, 아무튼 이곳은 여자가 살기 상당히 유리한 곳이군."

"그와 동시에 불리한 곳이기도 하죠."

아직도 이 세상에는 남녀평등이 완벽히 이뤄지지 않고 있었는데, 그럼에도 불구하고 이 세상은 여자가 살기에 유리한 것은 확실했다.

그녀들은 이런 사실들을 머릿속에 차곡차곡 쌓아가고 있었다.

　　　　　＊　　　　＊　　　　＊

　강수는 세 사람이 돌아다니면서 모은 자료들을 검토하며 흡족한 미소를 지었다.

　"으음, 역시! 렉시의 정보력은 알아줘야 한다니까!"

　"한 백 년 만에 받아보는 칭찬이군요."

　"하하, 원래 남자라는 생물이 말로 하기엔 참으로 껄끄러운 것들이 많아요. 그중 하나가 바로 칭찬이죠."

　"칭찬은 고래도 춤추게 한다는 말도 있지요."

　"그나저나 내가 그렇게 칭찬에 인색했던가요?"

　"무척이나요."

　그는 지금까지 단 한 번도 칭찬을 해본 적이 없다는 것을 깨달았다.

　"반성해야겠군."

　"사람을 부리는데 가장 중요한 것은 억압이 아니라 칭찬입니다. 만약 당신들이 끌고 다니는 그 사람들이 본인의 무력에 굴복하지 않는다면 어떻게 될까요? 신뢰도 없는 마당에 당신을 따를까요?"

　강수는 슬며시 고개를 끄덕인다.

　"그래, 그건 그렇군요. 아무튼 조언 고맙습니다."

"별말씀을요."

이윽고 강수는 본론으로 들어갔다.

"아무튼 이 사람들이 전부 실소유주라는 것은 확실한 것이군요?"

"네, 그렇습니다. 건물의 등기는 전부 루한스 그룹 앞으로 되어 있지만 실제 건물주 행세를 하고 다니더군요."

"흠······."

"만약 우리가 계획대로 루한스 그룹의 명의를 죄다 빼돌리게 되면 사면초가에 몰리기 딱 좋을 겁니다."

"좋아요, 그럼 더 기다릴 것도 없이 바로 시행하도록 하죠."

강수는 조직에 몸담았던 조직원들을 전부 다 런던으로 불러들여 루한스 금융이 가지고 있는 차명재산들을 전부 처분하기로 한다.

"당장 이번 주말부터 작업을 시작합니다. 렉시는 다니엘 등이 모아온 서류들을 다이렉트로 처리할 수 있도록 해주십시오. 가능합니까?"

"못할 것은 없죠."

"좋습니다. 그럼 이번 주말부터 본격적으로 움직이는 것으로 합시다."

네르샤와 엘라나는 자신들의 행보에 대해 물었다.

"그럼 우리는?"

"두 사람은 따로 할 일이 있어. 지금부터 두 사람은 각 부족의 재원 중에서 가장 뛰어난 200명을 추려 준비시켜. 할 일은 요인 암살이나 납치, 또는 감금 등이야."

"대부분 범죄로군."

"사람이 하던 일을 해야지. 너희들의 주특기가 이쪽인데 어쩌겠어? 일단 이것부터 시작하다 보면 이 세상에 조금 더 적응할 수 있을 거야."

"…말은 좋군."

"아무튼 이번 주말까지 준비하도록."

"알겠다."

이제 강수는 영국과 미국계 마피아들, 거기에 흑사회와 러시아 마피아들까지 전부 발칵 뒤집어질 엄청난 일을 벌일 것이다.

*　　*　　*

한가로운 주말저녁, 다니엘은 검은색 야구 모자에 바람막이 점퍼를 입은 채 런던을 찾았다.

빅벤의 거리는 인파로 북적이고 있었는데, 그는 이곳에서 한 사람을 만나기로 했다.

"본부장님!"

"레이첼, 오랜만이군요."

"도대체 지금까지 어디에 계셨던 거예요! 그룹에서 본부장님을 찾는다고 아주 난리도 아니에요! 지금 당장 회사로 돌아가시는 편이 좋겠어요!"

그는 자신을 흠모하던 비서실장 레이첼의 손을 잡아 만류했다.

"잠깐, 잠깐만요."

"보, 본부장님?"

"아직 때가 아닙니다. 이대로 회사로 돌아갔다간 저는 죽습니다. 아시죠? 제가 얼마나 큰 죄를 지었는지 말입니다."

"하지만 그 정도 자금은 본부장님께서 조금만 노력해도 메울 수 있는 것이잖아요?"

"그렇긴 하죠. 하지만 조직이 그때까지 기다릴 것 같지는 않습니다."

"조직이라면……."

"아마 어렴풋이 알고 있을 겁니다. 우리 그룹이 제이스틴의 휘하에 있다는 것을 말입니다."

"그, 그 소문이 사실이었나요?!"

"네, 맞습니다."

그는 레이첼에게 자신의 팔뚝에 새겨져 있었던 문신들을

보여준다.

"이건 내가 감옥에 있을 때 조직에게서 하사받은 문신이 있던 자리입니다. 지금은 다른 문신이 새겨져 있지만, 자세히 보면 불로 지진 자국이 보이지요?"

"그, 그럼 본부장님도……."

"마피아입니다. 아아, 정확히 말하자면 마피아였던 사람이라는 표현이 맞겠군요."

"……."

다니엘은 레이첼의 손을 꼭 잡은 채 물었다.

"레이첼, 내가 마피아라면 피할 겁니까?"

"아니요! 그렇지 않아요! 다만… 조금 혼란해서 그래요."

평소에 그녀가 다니엘을 흠모하고 있었다는 것, 아니, 연모의 감정을 품었다는 것쯤은 눈치 빠른 이미 간파하고 있었던 다니엘이다.

때문에 그는 조금 치사하지만 사람의 감정을 이용하기로 한 것이다.

"혼란스러울 것 없습니다. 이제 당신은 곧 마피아들의 손아귀에서 벗어나게 될 겁니다. 내가 그렇게 만들 것이니까요."

"보, 본부장님……."

"더 이상 위험한 일자리에서 목숨이 간당간당할 일은 없을 겁니다. 내가 있잖아요."

"다니엘!'

끝내 숨겨두었던 연모의 감정을 폭발시키는 레이첼, 다니엘은 그녀를 살짝 안은 후에 곧바로 발걸음을 재촉했다.

"자자, 이럴 시간이 없어요! 일단 사람들이 없는 곳으로 갑시다. 그 이후에 내가 몇 가지 부탁을 좀 할게요. 괜찮죠? 당신에게도 전혀 나쁜 조건은 아닐 겁니다."

"조건은 필요 없어요. 본부장님이 무사할 수만 있다면……."

"고마워요."

이윽고 그는 레이첼을 데리고 런던 시가지를 빠져나갔다.

*　　　*　　　*

런던 외곽에 위치한 작은 주거지역, 이곳에는 다니엘이 소유하고 있던 창고가 하나 있었다.

그는 이곳으로 레이첼을 데리고 와서 지금부터 자신이 해야 할 일에 대해 설명했다.

"우리 회사에서 운영하고 있던 명의 신탁에 대해 알고 있습니까?"

"아주 자세히는 모르겠지만, 실소유주가 다른 건물들과 재산이 제법 있다는 것은 알고 있어요."

"네, 아주 정확히 알고 있군요. 우리는 명의를 대여해 주는 대신 돈을 받았습니다. 그리고 그 세금에 대한 것을 깔끔하게 처리해 주지요. 또한 돈세탁에 필요한 부동산 사업을 그룹에게서 일임을 받아 그 대리인 노릇을 하고 있지요. 잘 알고 있겠지만, 이것들은 엄연히 따지면 불법입니다. 만약 이 사실을 정부가 안다면 가만히 있지 않을 겁니다. 그래서 만약 우리가 재산을 빼돌려도 법적인 수순을 밟아 되돌려 받을 수 없습니다."

"그럼 그 사람들은 어째서 우리 회사에 재산을 신탁한 것이지요?"

"신뢰 때문입니다. 제이스틴이라는 조직의 명성은 생각보다 대단한 것이라서 의심을 살 일이 없거든요."

"아아, 그런 사연이……."

"만약 이런 상황에 이 모든 재산을 내가 빼돌리게 되면 어떻게 될까요?"

"아주 큰일이 나겠지요. 마피아에게 재산을 맡길 정도의 사람들이라면 뒤가 구리니까, 당연히 위험한 일을 하는 사람들이 아닐까요?"

"맞아요. 그 사람들 역시 암흑가에서 활동하는 사람들입니다. 그 이외의 사람들은 전부 마피아를 옆구리에 낀 정치인이

거나 새별이지요. 만약 명의를 전부 빼돌리게 되면 그룹은 아주 벌집이 될 겁니다."

레이첼은 다니엘의 설명에 슬슬 입을 벌인다.

"서, 설마……."

"그래요, 나는 조직을 아예 공중분해시킬 생각입니다. 만약 우리가 명의를 빼돌리게 되면 그들은 알아서 조직을 쳐부수겠다고 설칠 겁니다. 그때, 우리가 조금만 손을 쓰면 회사는 아주 정상적인 합법적 법인이 되는 것이지요."

"하지만 그런 위험한 일을 하는 것은 좋지 않아요. 본부장님은 목숨이 아깝지 않아요?"

"괜찮습니다. 내 뒤를 봐주는 사람은 그런 모든 위협들에서 나와 당신을 보호해 줄 수 있는 충분한 힘을 가졌습니다. 아니, 충분하다 못해 넘치지요."

"으음……."

다니엘은 그녀의 어깨에 두 손을 올리며 말했다.

"나를 믿어요. 당신은 내가 목숨을 걸고 지킬 겁니다."

"…알겠어요."

두 사람은 이내 자리에서 일어나 다시 런던으로 향했다.

제6장
폭발하다

　늦은 밤, 레이첼과 다니엘은 루한스 금융네트워크 안으로 들어섰다.

　삐비비빅, 띠리리릭!

　그녀는 본부장의 비서실장이기 때문에 굳이 경비실을 통하지 않더라도 충분히 건물 안으로 들어설 수 있었다.

　더군다나 아직 본부장에 대한 데이터가 지워지지 않았기 때문에 두 사람이 건물 안으로 잠입해서 전산실로 들어가는 것은 식은 죽 먹기나 다름이 없었다.

　다니엘은 건물 뒤편에 있는 주차장 후문을 통해 건물 안으로 들어섰고, CCTV가 달려 있지 않은 비상계단을 통해 전산실로 향했다.

저벅, 저벅—

서로 손을 꼭 잡은 두 사람은 최대한 발소리를 죽인 채 비상계단을 올랐다.

다니엘은 축축하게 젖어버린 그녀의 손을 잠시 놓더니, 이내 자신의 바지에 그녀의 손을 비볐다.

"덥지 않습니까."

"아, 아니요… 괜찮아요."

아마 지금 그녀는 임무에 대한 긴장감과 밀폐된 공간에 둘밖에 없다는 흥분감에 사로잡혀 기분이 살짝 고무된 모양이었다.

다니엘은 그런 그녀가 정신을 바짝 차릴 수 있게끔 자꾸만 긴장을 풀어주고 있었던 것이다.

이윽고 두 사람은 6층에 있는 전산실 앞에 당도했다.

끼이이익—

경비실에서 전산실은 거리가 꽤 멀기 때문에 CCTV의 사각지대만 노린다면 충분히 잠입하고도 남을 것이다.

다니엘은 자신이 전산실에서 보았던 CCTV의 사각지대를 이용하여 차근차근 이동했다.

그녀는 거침없이 발을 내딛는 다니엘에게 물었다.

"그나저나 이곳에 CCTV의 사각지대가 있다는 것은 어떻게 아셨어요?"

"본부장은 회사를 굴리는데 온 신경을 집중해야 하지만 그보다 더 중요한 것은 보안에 취약하지 않도록 관리하는 겁니다. 저는 하루에도 몇 번씩 전산실에 들러 어디에 사각지대가 있는지 파악하곤 했지요."

"아아, 그래서……."

"다행히도 제가 CCTV를 추가로 설치하라고 지시를 내리기 전에 일이 터지는 바람에 사각지대는 여전히 남아 있습니다. 아마 우리가 나갈 때까지 저들은 무슨 일이 일어났는지도 모를 겁니다."

"그렇군요."

다니엘은 자신이 본부장으로 역임하고 있는 건물에 대한 애착이 남달랐기 때문에 보안에 특히 신경을 썼었다.

덕분에 지금 그는 한층 수월하게 임무를 수행할 수 있었던 것이다.

이윽고 두 사람은 조직의 모든 정보가 들어 있는 전산실에 잠입할 수 있었다.

삐비비비빅!

―지문이나 홍채를 인식시켜 주십시오

그는 자신의 홍채가 스캔되어 있는 입구의 잠금장치에 눈을 가져다 댔고, 기기는 단숨에 그의 홍채를 인식했다.

띠리리릭!

―본부장님, 반갑습니다!

이제 두 사람은 이곳에서 마음껏 서버를 사용하며 정보를 채취할 것이다.

그는 레이첼에게 USB를 건네며 말했다.

"비서실에서 관리하던 자금줄이 있을 겁니다. 그것에 대한 모든 정보를 담아요. 나는 회사 기밀을 탈탈 털어보겠습니다."

"알겠어요!"

레이첼은 수행비서들이 본부장을 대신에 관리하고 있던 토지대장들과 대리 금융의 정보들을 전부 USB에 담기 시작한다.

띠리릭―!

복사 중… 남은 시간 : 10분

그녀가 작업을 진행하는 동안 다니엘은 자신의 ID를 이용하여 기밀문서에 접근했다.

코드명 : 다니엘

1급 기밀 접근 허용

다니엘은 자신이 직접 관리하던 회사이기에 이 회사의 기밀이 어떤 식으로 관리되고 있는지 아주 잘 알고 있었다.

때문에 조직의 맹점을 도려내는 일쯤은 식은 죽 먹기였다.

그는 지금까지 이 회사가 거두어들인 수익대장과 그에 대한 대리 명의자들의 명단을 모조리 복사했다.

띠리릭—!

복사 시작… 남은 시간 : 20분

이제 20분간 기다렸다가 USB만 뽑아서 나가면 되는 것이다.

다니엘은 자신에 비해 작업이 일찍 끝난 그녀에게 다가가 일의 진행에 대해 확인한다.

"대략 절반쯤 끝났군요."

"네, 이제 곧 마무리가 될 거예요. 본부장님은요?"

"나는 10분이 좀 넘게 남았습니다. 생각보다 자료가 좀 많네요."

"천천히 하세요. 어차피 서둘러서 될 것도 아니잖아요?"

"후후, 맞습니다."

이윽고 그녀는 10분 정도 남은 시간을 이용해 다니엘에게 자신의 마음을 직접적으로 표현했다.

"본부장님… 사실은 제가 본부장님을 좋아했어요. 이러면 안 되는 것을 알지만……."

"나도 레이첼을 좋아합니다."

"저, 정말요?!"

"물론이지요. 레이첼은 머리도 좋고 일도 잘하잖아요. 만약 레이첼이 없었다면 내가 본부장까지 올라갈 수도 없었을 겁니다."

"……."

분명 그녀는 다니엘에게 고백을 한 것이었지만 그는 눈치껏 그것을 사전에 차단해 버린 것이다.

하지만 그는 이 상황에서 곧바로 거절을 하면 역효과가 날 것을 익히 알고 있었기 때문에 일부러 둔감한 척을 한 것이다.

"참… 이건 창피한 일이지만, 나는 당신이 나를 한심한 상사라고 생각하면 어쩌나 싶었습니다."

"그, 그럴 리가요! 본부장님은 그 누구보다 능력이 좋은 사람인 걸요?"

"하하, 그렇게 생각해줬다니. 얼마나 다행인지 모릅니다."

그는 아주 사람 좋은 미소를 지었고, 레이첼은 조금은 답답

한 표정으로 마주 웃는다.

"아, 하하… 그렇군요……."

"아무튼 이번 일이 끝나면 공기 좋은 곳으로 여행도 좀 다녀오고 하세요. 내가 특별 휴가를 드릴게요. 어디가 좋을까요? 러시아나 중국도 괜찮은 것 같던데."

"글쎄요. 그건 그때 가서 제가 결정해 볼게요."

"그래요. 이번 일이 끝나면 내 보스께서 당신께 커미션을 제공해 주실 겁니다. 저는 그 이외에 특별 휴가와 함께 휴가비를 드릴 것이고요."

"네……."

레이첼은 자신이 원하는 방향은 이것이 아니었는데, 자꾸 엉뚱한 방향으로 얘기를 몰아가는 다니엘이 못내 야속했다.

하지만 다니엘은 지금 당장 그녀와 있지도 않는 사랑 놀이를 할 정도로 무책임한 남자는 아니었다.

'미안합니다. 아직 나에겐 누구를 책임질 정도의 여유는 없어요.'

만약 다니엘이 평범한 삶을 살아온 샐러리맨이었다면 그녀를 멀리할 이유가 전혀 없을 것이다.

그러나 지금으로선 그녀와의 관계를 더 진전시키는 것은 옳지 못한 일이었다.

두 사람이 아주 미묘한 감정을 주고받고 있을 때, 불현듯 인기척이 들려온다.

끼이익—

"거기, 누구 있어요?"

"허, 허억!"

다니엘은 재빨리 그녀를 자신이 서 있던 책상 아래로 숨겼고, 이내 숨을 죽인 채 인기척이 들린 쪽을 예의주시했다.

"제기랄! 순찰을 돌 시간인가?! 그럴 리가 없는데……."

"…어, 어쩌죠?"

"괜찮습니다. 이대로 가만히 지켜보다가 여의치 않으면 제가 놈을 제압할 겁니다."

"하지만 경비원들은 모두 유단자들인데……."

"후후, 그건 걱정하지 말아요."

두 사람은 서로 몸을 밀착시킨 채 경비원을 바라보고 있었다.

두근, 두근!

다니엘은 신경이 온통 경비원에게 쏠려 있었지만 레이첼은 그의 채취와 향수 냄새에 정신을 차릴 수 없었다.

'스킨을 바꾸었나? 냄새가 좋네….'

그녀는 이 상황에도 자신이 직접 다니엘의 스킨을 골라주고 향수도 챙겨주면 얼마나 좋을까 하는 생각을 했다.

하지만 그것은 당분간 이뤄지지 않을 뜬구름 잡기에 불과

한 바람이었다.

이윽고 다니엘은 자리에서 슬며시 일어나 기척을 죽이고 경비원에게로 다가섰다.

"별수 없군요… 놈이 이쪽으로 올 것 같아요."

"조, 조심하세요!"

"걱정하지 마세요."

다니엘은 몸을 바짝 낮춘 채 경비원에게 다가갔고, 경비원은 다행이 아무것도 눈치를 채지 못한 것 같았다.

가만히 어둠속에 몸을 숨기고 있던 다니엘은 그가 반사판이 붙은 테이블에 플래시를 비출 때까지 기다렸다.

째앵!

그러다 빛이 반사되어 그의 눈이 약간 부실 때를 이용하여 불현듯 모습을 드러냈다.

팟!

"으, 으음?!"

"헙……!"

퍼억!

그는 단 일격에 사람을 기절시키기 위해 뒤돌려차기로 뒷목을 후려 갈겼다.

그러자, 경비원은 찍소리도 내지 못한 채 기절해 버렸다.

"……."

"기절했군. 어떻게 눈치를 채고 온 것이지?"

그녀는 평소에는 그저 사람 좋은 샐러리맨으로 인식했던 다니엘의 진면목을 확인하곤, 또 다른 두근거림을 느낀다.

"머, 멋있네요……."

"후후, 멋있긴요. 다 뒷골목 진흙탕에서 배운 겁니다."

이윽고 두 사람은 복사가 끝난 기기에서 USB를 빼내어 전산실을 나섰다.

＊　　＊　　＊

이른 아침, 렉시는 출근을 준비하고 있는 로이드의 집을 찾았다.

쨍그랑!

아침부터 창문을 깨고 안으로 들어선 렉시는 한창 세수를 하고 옷을 갈아입고 있던 그에게 다가갔다.

"어이, 로이드."

"레, 렉시?!"

"지금 내가 집으로 찾아온 것이 불편한가?"

"아, 아니! 그럴 리가 있어?!"

"그래? 그럼 다행이고."

"아, 아침은 먹었어?! 내가 잉글리시 머핀에 딱 맞는 카푸

치노를 지금 당장 만들 테니……."

"그런 것은 필요 없어."

"그럼……."

그녀는 넥타이가 반쯤 풀린 로이드의 몸을 거칠게 밀어붙여 붙박이장까지 끌고 갔다.

쾅!

"허, 허억!"

"시간이 별로 없어. 이해하지?"

"어, 어어……."

렉시는 다짜고짜 로이드의 입술을 탐닉하기 시작했고, 그는 황홀한 표정으로 렉시의 키스를 받았다.

"후읍!"

"으음……."

아침부터 바짝 달아오른 로이드의 심장은 거칠게 뛰었고 그녀는 그의 온몸을 더듬으며 그를 탐닉했다.

그러자, 로이드는 한 차례 몸을 부르르 떨더니, 이내 다리가 풀려 그 자리에 주저앉고 말았다.

"아아……!"

그녀는 바닥에 쓰러져 더 이상 일어날 생각을 하지 못하는 그에게 말했다.

"부탁이 있어. 들어줄 수 있어?"

"무, 물론! 무슨 부탁인데?"

"내가 등기 이전을 좀 하려고 해. 위임장도 받아왔고. 이것을 네가 좀 빨리 처리해 주었으면 좋겠어."

그는 렉시가 가지고 온 서류 뭉치를 받아들더니, 이내 고개를 갸웃거렸다.

"이, 이렇게 많은 서류는 언제 준비한 거야?"

"내가 준비한 것 아니다. 내 보스가 준비한 것이지. 내일까지 처리하지 않으면 내 목이 달아날 것이다. 그래서 내 목숨을 구해 달라고 너를 찾아온 거야."

렉시의 말에 로이드는 벌떡 몸을 일으킨다.

"아, 알겠어! 내가 오늘 출근을 하자마자 이 일부터 처리해줄게! 그럼 되겠지?"

"후후, 그래. 그럼 내가 살 수 있어."

그녀는 누워 있는 그의 위로 올라가 슬며시 아슬아슬한 입김을 불었다.

"…생명의 은인이네?"

"꿀꺽……!"

"이 일이 끝나면 내가 네게 상을 줄게. 이번엔 정말 기대해도 좋아."

"하, 하하! 정말?!"

"그래, 크게 기대해도 좋다."

그는 환하게 미소를 지었다.

"그럼 이제야 나와 데이트를 해주는 건가?"

"…데이트?"

"지금까지 너와 내가 제대로 된 데이트를 해본 적이 별로 없잖아? 만약 가능하다면 여행을 떠나는 것도 좋겠지만, 그건 너무 큰 바람이겠지?"

렉시는 자신이 괜히 순진한 사람의 인생을 망친 것은 아닌가 하는 생각이 들었다.

'애송이라는 생각은 했지만, 이 정도로 순진무구할 줄은 꿈에도 몰랐네.'

원래 그녀는 이 일에 대한 대가로 그에게 한국의 무기명채권 100억을 증여할 생각이었는데, 그는 애초에 대가란 아예 바라지도 않은 모양이었다.

심지어 상이라는 소리에 데이트나 여행 같은 소소한 꿈만 꾸고 있을 정도였다.

그녀는 자신이 실수했다는 것을 인정하지 않을 수 없었다.

"여행을 떠나자."

"여행?"

"고비사막에 산맥이 생긴 것을 알고 있나?"

"들은 적이 있어. 어떤 유능한 사업가가 고비 강을 만들고 그 위에 산맥을 만들어냈다고 하더군."

"그래, 그곳 말이야. 이번 일이 끝나면 나와 함께 고비산맥으로 여행을 떠나자. 그곳에서 너에게 진짜 선물을 줄게."

"그, 그래! 좋아!"

렉시는 이번에야 말로 그에게 진짜 뜨거운 선물을(?) 제대로 하사하겠노라 다짐했다.

*   *   *

다음날 오후. 강수는 명의자가 모두 변경된 등기를 가지고 사설 기부재단인 엔젤하트를 찾았다.

이곳은 무임금 봉사자들로만 이뤄진 복지 재단으로, 주로 전쟁고아들이나 피난민들을 수습하는 재단이었다.

강수는 이곳의 재단장인 엘리스 엔젤하트를 찾았다.

그는 엔젤하트를 자신이 인수하고 이곳에 있는 모든 복지사들을 정식으로 고용하고 싶다는 의견을 피력했다.

엘리스 엔젤하트는 무려 8억 달러에 달하는 재산을 가지고 자신을 찾은 강수를 바라보며 재단을 인수하려는 이유를 물었다.

"이 정도 재산이면 충분히 자신만의 재단을 설립할 수도 있을 텐데요?"

"물론 설립이 가능하지요. 하지만 이 세상 그 어떤 재단도 당신들처럼 헌신적이고 양심적인 곳은 없었습니다. 내가 아무리 많은 돈을 가지고 재단을 설립해도 당신들과 같이 위대한 곳을 형성할 수 있을 것 같지가 않았습니다."

"으음……."

"더군다나 가장 마음에 드는 부분은 모든 복지사들이 영국에 국한된 것이 아니라 글로벌 복지를 위해 힘쓴다는 점이었습니다. 물론, 무임금으로 일하는 것이 안쓰럽기도 했고요."

그녀는 강수의 생각을 듣곤, 이내 긍정적인 표정을 지었다.

"그래요, 좋아요. 당신의 생각대로 복지 재단을 넘기도록 하지요."

"고맙습니다. 잘 생각한 거예요."

"하지만 저는 끝까지 이 재단에 남아 복지에 힘쓸 겁니다. 그건 허락해 주실 수 있겠지요?"

"물론입니다. 나는 당신에게 월급을 주면서 사무장 겸 복지 재단장을 맡길 생각이었습니다. 당신이 스스로 남아주신다면 저야 감사할 따름이지요."

"그럼 되었습니다. 당장 명의 이전을 실행합시다."

"오늘 당장 명의를 바꾸고 재단을 재정비하겠습니다. 가능하겠지요?"

"그래요, 그렇게 하세요."

강수는 그녀와 함께 명의 이전을 위한 수순을 밟기로 한다.

8억 달러에 달하는 매물들을 전부 매각시킨 강수는 이것으로 엔젤하트의 사옥을 구매하고 직원들에게 지금까지 근속한 일수만큼의 월급을 지급했다.

어떤 이들은 한 번에 무려 100만 달러에 달하는 돈을 받은 이도 있었는데, 강수의 예상과는 다르게도 그들은 자신들이 받은 돈을 전부 재단에 다시 환원시켰다.

강수는 이들에게 월급을 주는 것은 생각처럼 쉽지 않다는 것을 깨달았다.

그래서 모든 복지사가 자유롭게 머물 수 있도록 아파트 단지 하나를 통째로 구매하여 숙소를 꾸며야겠다고 생각했다.

하여, 그는 복지 재단 본사가 위치한 요크셔 인근에 위치한 아파트 단지 다섯 동을 통째로 구매하여 복지사들의 숙소와 자택으로 사용하도록 했다.

명의 이전은 받지 않을 테니, 그냥 증여하는 식으로 각자의 집을 꾸미도록 한 것이었다.

또한, 그는 아파트 단지에 위치하고 있던 창고를 전부 다 개조하여 복지사들만이 이용 가능한 프리마켓을 구축했다.

이 프리마켓은 사람이 먹고 사는데 지장이 없을 정도로 다양한 물자들이 준비되어 있었지만, 그들의 의견대로 사치품은 비치되지 않았다.

이들이 말하는 사치품이란, 술과 담배, 귀금속, 간식거리, 고급 브랜드의 옷 등이었다.

그야말로 이곳에는 밀과 빵, 과일, 채소, 고기 등이 거진 전부였다.

강수는 중국에서 대량으로 들여온 밀가루와 과일 등을 적재시키며 엔젤하트에 근속하고 있던 복지사 300명의 신상 정보를 모두 기입했다.

이제 이곳에 있는 300명의 복지사와 그들의 가족들은 전부 배고프지 않고 생활이 가능해졌다.

지금까지 강수가 사용한 돈은 전부 1억 달러 남짓, 아직까지 저들에게서 빼돌린 돈을 1/8밖에 사용하지 못한 것이었다.

"흠… 이것으론 조금 부족한데……."

이제 그는 요크셔에 있는 한 대학으로 향했다.

요크셔에 위치한 사학 재단 알리아나 재단은 초, 중, 고, 대학을 모두 가지고 있는 중견 재단이었다.

하지만 워낙 시골에 위치하고 있다는 맹점 때문에 수익률이 그다지 좋지가 않았다.

때문에 알리아나의 이사장은 재단 자체를 인수해 줄 사람을 벌써 10년째 찾아다니고 있었다.

그러나 여전히 재단을 인수해 줄 사람은 나타나지 않고 있었다.

로버트 알리아나는 이제 더 이상 자신의 가산이 학교를 지탱할 수 없다는 것을 직감했다.

"후우… 힘들군……."

이제는 가솔까지 거리에 나앉게 생긴 판에 학교를 더 이상 유지하는 것은 말이 되지 않는다고 생각하는 로버트다.

그래서 이번에 구청에 폐업신고를 하여 학교를 모두 폐교시키고 학생들을 인근 도시로 이주시킬 생각이었다.

절망, 그에게 남은 단어는 딱 그것밖에 없었던 것이다.

하나 그런 그에게도 한줄기 빛이 내려오는 소리가 들려온다.

"이사장님!"

"무슨 일입니까?"

"지금 재단을 구매하겠다는 사람이 나타났습니다!"

"뭐, 뭐라고요?!"

화들짝 놀란 그가 자리에서 벌떡 일어서는데, 이사장실 문을 열고 한 청년이 모습을 드러냈다.

"안녕하십니까? 이강수라고 합니다. 이사장님 되시지요?"

"그, 그렇습니다! 우리 재단을 인수하시겠다고요?!"

"네, 제가 인수하겠습니다."

"오오, 이렇게 고마울 때가……!"

강수는 그에게 1억 달러에 상응하는 당좌수표를 건네며 말했다.

"이 정도면 건물 값과 부지, 그리고 학교의 모든 기반 시설을 인수할 수 있을 것 같습니다. 부족하겠습니까?"

"아, 아니요! 그렇지 않습니다."

그는 갑자기 홀연히 나타나 재단을 인수하겠다는 그를 바라보며 물었다.

"그나저나 우리 학교를 선뜻 인수하겠다고 생각하신 계기가 뭡니까?"

"사람이 별로 없어서요."

"그게 무슨……."

"저는 이곳에서 무료로 복지사들을 키워낼 생각입니다. 그렇게 하자면 학교 자체에 사람이 별로 없어야 합니다. 그래야 재단에 무리가 덜 가거든요."

"아아……!"

그제야 로버트는 이강수라는 이 청년이 얼마나 큰 포부를 가진 복지 사업가인지 가늠할 수 있었다.

그는 이렇게 큰 뜻을 품은 강수에게 깊이 고개를 숙인다.

"존경합니다!"

"그럴 필요까진 없습니다. 그저 해야 할 일을 하는 것뿐이니까요."

자신과 학교를 구해준 강수가 그저 하늘에서 내려온 천사처럼 느껴지는 로버트였다.

*　　*　　*

순식간에 복지 재단과 그 가족들을 가르치고 먹일 수 있는 기반 시설을 확충하는데 2천억을 사용한 강수는 나머지 돈을 재단에 전부 귀속시켰다.

이제부터는 그 어떤 누가 재단을 건드리더라도 이 돈은 절대로 빠져나갈 수 없을 것이었다.

왜냐하면 강수의 행보에 영국 왕실과 수상 내각이 깊은 관심을 갖기 시작했기 때문이었다.

영국 부총리 리처드 라이너슨은 강수에게 표창장을 수여함과 동시에 재단과 학교에 전폭적인 지원을 아끼지 않을 것을 약속했다.

그는 강수에게 표창장을 건네며 악수를 권한다.

"반갑고 고맙습니다. 이강수 사장님."

"별말씀을요. 저는 그저 할 일을 했을 뿐입니다."

"아니요, 요즘과 같은 세상에 이렇게 뜻 깊은 일에 선뜻 거금을 건넬 인사는 아무도 없을 겁니다. 심지어 자국의 국회의

원들도 힘겨워할 것입니다."

"칭찬 감사합니다."

리처드는 강수에게 영국 여왕의 관심이 상당히 지대하다는 것을 피력한다.

"폐하께서 사장님에게 큰 호감을 느낀 것 같습니다. 조만간 왕실 오찬에 사장님을 초대하고 싶으시다는 뜻을 내비치셨습니다."

"여왕님께서요?"

"네, 그렇습니다. 나중에 폐하께서 언질을 주신다면 제가 직접 연락을 드리겠습니다. 그때, 저희 왕실을 찾아오실 의향이 있으신지요?"

강수는 정중히 고개를 숙인다.

"초대를 해주신다면 감사한 일이지요. 하지만 제가 그런 고귀한 자리에 참석해도 될지 모르겠습니다."

"당신은 충분히 고귀한 사람입니다. 지금처럼 옳은 일에 박하지 않는다면 그 어디를 가도 같은 대접을 받게 될 겁니다."

"흠……."

그 어디를 가도 대접을 받는다는 소리에 영감을 받은 강수는 복지사업을 조금 더 글로벌하게 꾸려볼 생각을 했다.

'가만히 있어보자… 굳이 재단이 영국에만 있으라는 법은 없지.'

그는 표창을 받은 직후, 곧장 한국과 일본, 중국, 미국에 차례대로 재단을 설립하기로 했다.

* * *

이른 아침, 라이언 맥스웰스가 그룹의 중역회의를 소집했다.

오늘은 각 계열사의 사장들은 물론이고 조직의 중간보스들까지 전부 회의에 참석했다.

라이언은 최근에 사라진 200명의 히트맨과 수뇌부에 대해 물었다.

"다니엘과 제이든은 지금 어디에 있다고 하던가?"

"아직까지 행적이 묘연합니다. 갑자기 소식이 끊어져 이렇게까지 잠수를 탔다는 것은 애초에 작정을 한 것이 아닌가 싶습니다."

"흐음……."

라이언은 자신이 아는 다니엘과 제이든의 얼굴을 다시 한 번 떠올렸다. 그리곤 이내 고개를 가로저었다.

"아니, 그건 아닐 것이다. 아무리 놈들이 멍청해도 겨우 5천만 달러 때문에 이 난리를 피웠을 것 같지는 않다."

"하지만 지금으로선 그것이 가장 유력합니다. 그렇지 않다면 지금까지 사라져 나타나지 않을 이유가 없지 않겠습니까?"

"······."

다니엘이 사탕발림으로 사람을 현혹시키는 면이 있기는 하지만 기본적으로 아주 질이 나쁜 놈은 아니라고 생각했던 라이언이다.

그런 그에게 다니엘의 타락은 너무나 큰 충격으로 다가올 것이다.

때문에 그는 아직까지도 다니엘을 두둔하고 그에 대한 혐의를 부정하고 있있다.

조직의 수뇌부는 이제 다니엘과 제이든을 영구 제명시키고 다른 수뇌부로 그 자리를 채워야 한다고 주장했다.

"어서 다니엘의 후임을 정해 주시지요. 조직의 근간이 무너지게 생겼습니다."

"···기다려봐라. 아직까지 그의 행적을 쉽게 덮어버리기엔 무리가 있어."

"······."

다른 수뇌부들은 그의 편애가 상당히 불편했으나, 다니엘이 보여주었던 탁월한 수완과 히트맨으로서의 능력은 인정할 수밖에 없었다.

때문에 그들 역시 다니엘이 사라졌다는 소리를 듣고는 상당히 아쉬워할 수밖에 없었다.

그들의 더러운 부분을 다니엘이 대신 청소해 주고 곤란한 일을 도맡아 해주었던 기억이 남아 있었던 것이다.

다니엘의 부재에 대하여 논하는 것이 점점 불편해질 쯤, 회의실 문이 거칠게 열리며 조직원 하나가 뛰어들어 왔다.

쾅!

"보스! 큰일입니다!"

"무슨 일인가? 아침부터 웬 소란이야?"

"지금 미국 가브레스와 멕시코 나코프치에서 우리 조직으로 천 명이 넘는 히트맨을 보냈다고 합니다!"

"뭐, 뭐라?!"

"아무래도 우리 조직을 아예 쓸어버리기 위해 작정한 모양입니다!"

라이언은 고개를 갸웃거린다.

"그들이 왜 우리에게 히트맨을 보낸단 말인가? 도대체 무슨 이유에서?"

"그것이… 우리가 관리해 주던 차명 건물과 재화가 전부 복지 재단으로 기부되었다고 합니다."

"뭐, 뭐라? 이런 말도 안 되는 일이!"

순간, 조직의 모든 수뇌부가 믿을 수 없다는 표정을 지었다.

라이언은 일단 사태를 수습하기 위해 두 조직의 보스에게 전화를 걸었다.

―지금은 선화를 받을 수 없어…….

"젠장! 전화는 받지도 않는군!"

"이젠 어쩝니까?! 저들이 히트맨들을 구성했다는 것은 다른 조직에서도 우리를 치기 위해 준비하고 있다는 소리 아닙니까?!"

"……."

라이언은 뭔가 일이 심각하게 꼬여 감을 느낀다.

"일단 우리가 가용할 수 있는 인원들을 모두 동원하여 사태를 막는다!"

"루한스 투자신탁은 어떻게 할까요?"

"…처분한다. 우리는 이제 그들과 전혀 관계가 없는 거야."

"예, 알겠습니다."

사태가 점점 긴박하게 돌아가기 시작했다.

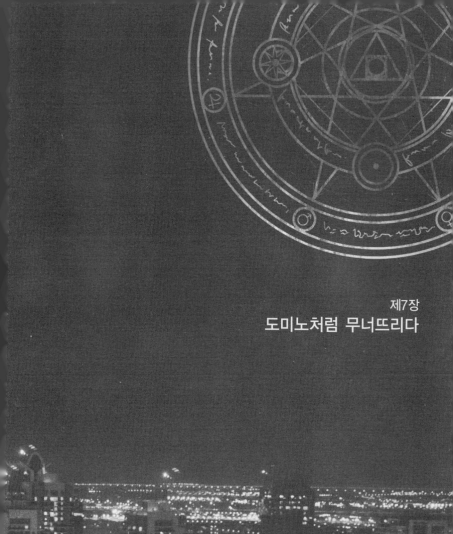

제7장
도미노처럼 무너뜨리다

늦은 밤, 제이스틴의 본거지인 루한스 그룹 본사로 2천 명
이 넘는 히트맨이 들이닥쳤다.

저벅, 저벅, 저벅—

맥시코 갱 나코치프의 조직원들은 소총부터 기관총까지,
군대에서나 볼 법한 무기들로 무장한 채였다.

"한 놈도 살려두지 마라!"

"예, 보스!"

나코치프의 보스 마초프 나코치프는 자신이 날린 1억 달러
에 대한 복수로 제이스튼을 아예 초토화시키기로 마음먹었다.

조직원들 역시 자신들의 전 재산이 날아간 상황에서 가만히 있을 리가 없었다.

물론, 마초프가 마음만 먹으면 마약으로 다시 그 돈을 버는 것은 그리 어려운 일도 아니었지만, 맥시코 갱의 자존심이 그것을 허락지 않았다.

맥시코 갱들은 한 번 당한 것은 죽을 때까지 잊지 않기 때문에 자신의 목숨이 다하는 순간까지 총질을 하는 악바리들이다.

만약 지금 제이스틴과 그들이 정통으로 마주친다면 분명 유혈 사태가 벌어질 것은 당연한 사실이었다.

지금 그들에겐 경찰 병력은 물론이고 군대가 동원된다고 해도 물러날 생각이 전혀 없었다.

한마디로 마초프를 막을 수 있는 방법은 존재하지 않았다.

철컥!

그중에서도 이곳에 재산을 가장 많이 맡겼던 나코치프의 수뇌부 쌴초는 반드시 루한스 그룹을 싹 쓸어버리겠다고 다짐하고 있었다.

꽈드드드득!

"빌어먹을 새끼들! 잡힌다면 생으로 뜯어 먹고 말겠다!"

이윽고 그들은 루한스 빌딩 앞에 섰고, 1층 건물의 유리벽을 총으로 사정없이 갈기기 시작했다.

두두두두두두두!

쟁쟁쟁쟁!

속절없이 깨어지는 유리창에 싼초는 광기 어린 웃음을 터뜨렸다.

"크하하하! 다 죽어라! 너희는 이제 다 죽은 목숨이다!"

나코치프의 포화가 루한스 빌딩을 후려갈기던 바로 그때, 그들의 뒤로 승합차 몇 대가 달려들었다.

부아아아아앙!

"보스! 제이스틴에서 사람을 보낸 것 같습니다!"

"흥! 우리는 전문 히트맨이다! 저런 오합지졸쯤은 상대도 안 되지!"

그들은 즉시 총구를 돌려 제이스틴의 것으로 보이는 승합차를 모조리 벌집으로 만들었다.

두두두두두두두!

"크헉!"

"끄아아아악!"

피가 튀고 비명이 낭자하는 살육의 현장, 지금 그들을 막을 수 있는 것은 아무것도 없는 것 같았다.

하지만 제이스틴 역시 가만히 당하고만 있을 조직은 아니었다.

타앙!

"크허억!"

"저격수?!"

"옥상에서 저격수들이 총을 쏘고 있습니다! 아무래도 우리의 사정권에는 들어오지 않을 것 같습니다!"

"빌어먹을 자식들! 저놈들도 아주 제대로 작정을 한 모양이군!"

"어떻게 할까요?!"

"어떻게 하긴, 건물 안으로 일단 뚫고 들어가야지!"

마초프가 돌입을 명령할 쯤, 건물 외벽에서 200구가 넘는 총구가 모습을 드러냈다.

철컥!

"매, 매복?"

"아무래도 저놈들이 육참골단의 의지로 대처할 모양입니다!"

"흥! 그래봐야 우리가 열 배는 더 많다! 밀어붙여!"

"와아아아아아!"

마치 2차 세계대전을 방불케 하는 전투의 현장, 이미 시민들은 대피를 하고 남아 있지 않은 상태였다.

두 세력은 건물 하나를 놓고 언제 끝날지 모르는 격전을 벌이기 시작했다.

*　　*　　*

런던 중앙경찰청 루이스 모리슨 총경은 작금에 벌어진 사태를 도대체 어떻게 받아들여야 할지 몰라 당황하는 중이다.

"2천 명이 넘는 마피아라니, 도대체 이게 무슨 일이 벌어진 것인가?"

스스로 국제경찰을 자처하는 영국의 수도 한복판에서 이런 총격전이 일어났다는 것은 도무지 상상조차 할 수 없는 일이었다.

그럼에도 불구하고 지금 이 사태는 눈앞에 벌어진 상태였다.

루이스 모리슨은 런던 중앙경찰청이 동원할 수 있는 모든 병력을 소집했고, 일단 200명에 달하는 형사들을 동원했다.

하지만 이 정도 병력으론 저들을 막아내기는커녕, 현장에 급파되었던 병력들이 시신으로 돌아올 판이었다.

두두두두두두!

"과장님! 이대론 우리가 전멸할 판입니다! 증원을 기다리는 편이 낫겠습니다!"

"이런 젠장! 저 많은 놈들은 다 어디서 기어 나온 거야?"

"과장님! 지금 신세 한탄이나 할 때가 아닙니다!"

"후우…! 알겠네! 지금 당장 상부에 연락을 넣어 특수부대를 동원하는 방법을 찾아보겠네."

지금 이 정도의 마피아들을 제압하는 것은 더 이상 경찰만으론 불가능한 일이었다.

아무리 경찰의 숫자가 많다곤 해도 2천 명이 넘는 마피아들을 상대하긴 역부족이었기 때문이다.

거기에 지금 저들은 저격수까지 갖추고 있었기 때문에 도저히 손을 쓸 수가 없었다.

이윽고 그는 내무부에 전화를 걸어 국방부와 함께 이 사태를 해결해야 할 것임을 시사한다.

"차관님, 경찰청 수속 모리슨 총경입니다! 지금 마피아들의 유혈 사태가 벌어지고 있는 현장에 나와 있습니다!"

─그래요, 상황이 어떻습니까?

"아무래도 경찰로는 어림도 없을 것 같습니다!"

─흠… 좋습니다. 지금 당장 SAS와 육군을 파견하도록 하겠습니다.

"감사합니다!"

도저히 끝날 것 같지 않은 사태, 루이스는 이 시간이 어서 빨리 흘러갔으면 하는 바람을 가져본다.

＊　　　＊　　　＊

루한스 그룹에서 유혈 사태가 벌어지고 있을 때, 미국계 마피아 가브레스의 히트맨들은 영국 전역으로 퍼져나가고 있었다.

그들은 지금 당장 제이스틴의 수뇌부와 보스를 사로잡아 생으로 포를 뜨겠노라 다짐을 하고 있었다.

그중에서 한 무리가 제이스틴의 수뇌부 중 한 명인 안드레 존슨의 뒤를 캐는데 성공했다.

가브레스의 수뇌부이자 타고난 히트맨 존은 50명의 히트맨을 대동하여 안드레가 기거하고 있다는 호텔로 잠입을 시도했다.

옥상에서부터 환풍구를 타고 안으로 돌입한 그들은 5층에 위치한 객실 에어컨을 뜯고 객실 안으로 들어갈 수 있었다.

쾅!

"뚫었습니다!"

"당장 놈을 잡아라."

"예!"

재빨리 흩어진 히트맨들은 욕실에서 한창 몸을 담그고 있던 안드레를 사로잡았다.

"뭐, 뭐야?!"

"빌어먹을 놈, 지금 여기서 따끈하게 몸이나 지지고 있을 때인가!"

퍼억!

"크헉!"

"놈을 사로잡았습니다!"

"후후, 드디어 잡았군!"

존은 안드레를 자신의 앞에 있던 의자에 앉혀놓고 그 손을 케이블타이로 묶어버렸다.

끼릭!

그리곤 그의 얼굴을 발로 미친 듯이 걷어차기 시작했다.

빠악, 빠악!

"쿨럭, 쿨럭!"

"사기꾼 같으니, 어디 사기를 칠 사람이 없어서 같은 마피아들의 등을 처먹어!"

"나, 나는 모르는 일이다! 도대체 내가 무슨 사기를 쳤다고……."

"네 조직에서 우리들의 돈을 빼돌렸다는 것을 모를 줄 아나? 마피아들의 돈을 빼돌리면 어떻게 되는지 잘 알고 있겠지?"

"자, 잠깐……!"

"입을 벌려라. 혀를 자르고 이를 하나씩 생으로 뽑겠다."

"아, 아아아아……!"

다짜고짜 혀부터 자르려는 그에게 안드레가 온 힘을 다해

외친다.

"자, 자까안!"

"무슨 일인가?"

"내 혀를 자르면 남은 놈들은 도대체 어떻게 잡으려는 건가?!"

"…네 목숨 하나 살리겠다고 동료들을 팔아먹겠다?"

"내가 죽으면 동료들이 다 무슨 소용인가! 안 그래? 그러니 일단 혀는 자르지 말아줘!"

"후후, 알겠다. 듣고 보니 그것도 아주 틀린 말은 아닌 것 같군."

"휴우……."

"다신, 혀 말고 다른 곳을 자르겠다."

"뭐, 뭐라……?!"

"바지를 벗겨라."

"예!"

"으아아아악! 아, 안 돼!"

존은 안드레의 아랫도리를 훤하게 드러내놓고 그곳에 단도를 가져다 댄다.

철컥!

"혀가 잘리면 평생 먹지도 못하고 말도 못 한다. 그럴 바엔 차라리 섹스를 못 하는 것이 낫지 않겠나? 잘하면 성별을 바꾸어도 되고."

"제, 제발! 제발!"

"후후, 잘 잡아라. 잘못하면 신경이 끊어져서 오줌도 못 쌀 수도 있다."

"예, 보스."

순간, 그는 단도로 그의 아랫도리를 향해 푹 찍어버린다.

촤락!

"끄아아악, 끄아아아악!"

안드레는 그 즉시 정신을 잃고 말았지만 정작 피가 쏟아지는 일은 벌어지지 않았다.

"겁쟁이군. 그냥 자르는 시늉만 했을 뿐인데 기절해 버렸잖아?"

"큭큭! 그러게 말입니다."

이윽고 존은 그의 머리를 발로 차서 다시 정신이 바짝 들게 만들었다.

빠악!

"허, 허억!"

"정신 차려라. 내 얘기가 아직 안 끝났다."

"사, 살았나……? 죽은 건가?"

"너는 물론이고 네 물건도 무사하다. 그러니 괜히 쫄 것 없어."

"가, 감사합니다! 감사합니다!"

"하지만 지금부터 내가 하는 말에 제대로 대답하지 않으면 곧바로 거시기와 혀를 동시에 잘라 버리겠다."

"아, 알겠습니다."

"우리의 재산은 다 어디로 갔나? 빼돌리기 위해 판을 짠 놈이 누구야?"

그는 자신이 아는 한 최대한의 정보를 제공한다.

"자세한 것은 우리도 잘 모릅니다! 그냥 다니엘이라는 수뇌부가 없어진 이후, 갑자기 재산이 감쪽같이 사라졌습니다!"

"다니엘?"

"루한스 금융의 본부장이었습니다! 놈이 당신들의 모든 재산을 관리했습니다!"

"아아, 다니엘!"

그는 자신의 머릿속에 있는 유능한 해결사 다니엘을 떠올린다.

"그래, 그놈이라면 충분히 이번 일을 도모했을 수도 있겠군."

"마, 맞습니다! 놈입니다!"

"좋아, 그럼 지금 놈은 어디에 있지?"

"…저희들도 놈을 찾는 중입니다. 그놈을 찾아야 작금의 사태를 마무리 지을 수 있을 테니까요."

"흠······."

존은 그의 손과 발을 꽁꽁 묶은 후, 검은색 여행 가방에 쑤셔 넣도록 지시한다.

"이놈을 데리고 나간다."

"예, 알겠습니다."

"우, 우우욱!"

입과 손발이 다 봉해진 그는 순순히 가방에 들어갈 수밖에 없었고, 히트맨들은 그를 데리고 호텔방을 나섰다.

*   *   *

같은 시각, 다니엘은 레이첼과 함께 중국 고비산맥으로 향하는 중이었다.

휘이이잉—!

비행기 일등석에 앉은 레이첼은 자신의 옆에 있던 다니엘에게 도망의 이유에 대해 물었다.

"아직 우리가 용의선상에 오른 것도 아닌데 어째서 벌써 도망을 치는 건가요?"

"만에 하나라는 말이 있습니다. 정말 아주 우연치 않게 그들이 우리의 행적을 쫓고 있다면, 당장 도망을 가는 편이 좋

습니다. 그들은 나보다 한술 더 뜨는 진짜 악독한 놈들이거든
요."

"그렇군요……."

"하지만 이 사태가 종결되고 나면 아주 편안하게 살 수 있
을 겁니다. 사건이 종결될 쯤엔 두 세력 전부 이 세상에서 사
라지고 없을 테니까요."

"그게 가능한가요?"

"물론입니다. 지금 제이스틴과 맥시코 갱들이 싸움을 벌이
고 있습니다. 잘못하면 두 세력이 전부 멸망할 위기에 놓여
있지요. 저의 보스는 이런 상황에서 추가 조치로 나를 쫓는
히트맨들을 하나하나 찾아 척살할 겁니다."

그는 핸드폰 사진첩에서 한 사람의 얼굴을 꺼내어 그녀에
게 보여주며 말했다.

"그리고 이 사람, 이 사람이 사라짐으로서 사건은 한 방에
종결되겠지요."

"뭐하는 사람인데요?"

"루한스 그룹의 총수입니다. 이름은 아마 들어봤을 것으로
압니다."

"아아, 라이언 멕스웰스 회장을 말하시는 건가요?"

"네, 그렇습니다."

라이언 멕스웰스는 지금까지 공식 석상에 얼굴을 단 한 번

도 드러낸 적이 없기 때문에 대부분의 사람은 그의 얼굴이 어떻게 생겼는지 알지도 못했다.

이것은 그가 재계에서 사라진다고 해도 아무도 이것을 눈치챌 수 없다는 뜻이기도 하다.

"우리 조직은 라이언 맥스웰스를 제거한 다음 그 자리에 우리의 보스가 회장에 오르게 될 겁니다. 하지만 그래도 사람들은 라이언 맥스웰스가 있었는지 알지도 못하겠지요."

"흠……."

"그러니 너무 걱정할 필요는 없어요. 우리가 고향으로 다시 돌아가지 못할 이유는 단 하나도 없으니까요."

"알겠어요. 저는 앞으로 본부장님만 믿을게요."

"고맙습니다. 나를 믿어줘서."

두 사람이 대화를 나누고 있는 사이, 고비산맥에서 가자 가까운 칭기즈칸 국제공항이 두 사람의 눈에 들어왔다.

그녀는 처음 보는 몽골의 풍경에 눈을 반짝이고 있었지만 다니엘은 그저 덤덤한 표정으로 짐을 챙겼다.

"내립시다. 공항에 차를 대기시켜 놓았으니까 그것을 타고 고비산맥까지 이동하면 될 겁니다."

"네, 알겠어요."

이윽고 비행기에서 내린 그는 공항 주차장에 세워 두었던 차를 타고 고비산맥 숙소까지 이동했다.

　　　　*　　　*　　　*

　늦은 밤, 영국 런던의 한 고속도로에는 승합차 한 대가 빠른 속도로 달리고 있었다.

　부아아아앙―!

　그들은 다니엘의 행적을 쫓기 위해 마련된 열 명의 히트맨이었는데, 그를 잡아 족치겠노라 굳게 다짐을 한 상태였다.

　그리고 그들이 탄 자동차 트렁크에는 가방 속에 들어가 꼼짝없이 갇혀버린 안드레가 누워 있었다.

　"우우, 우우우……!"

　"저 자식이 아까부터 왜 저래? 정말 목숨 줄이 끊어져야 정신을 차릴 건가?"

　입에 재갈을 물려놓았기 때문에 그는 소리를 낼 수가 없었다.

　하지만 끙끙거리는 소리는 충분히 낼 수 있었기 때문에 사람을 귀찮게 만든다면 충분히 그럴 수 있을 터였다.

　그러나 지금 그가 히트맨들의 심기를 건드려 좋을 것이 전혀 없기 때문에 일부러 소리를 낼 리는 없었다.

　존은 트렁크에 누워 있던 그의 상태를 확인해 보기로 한다.

　"가방을 열어 놈이 뭐하고 있는지 살펴봐라."

"예, 보스."

그의 명령에 따라 한 히트맨이 가방을 열었고, 그 안에는 몸을 동그랗게 말고 누워 있는 안드레가 보인다.

"우웁, 우우웁······!"

"이 새끼가 미쳤나··· 아까부터 왜 이렇게 발작을 하고 있어? 정말 목숨이 끊어져 봐야 정신을 차리겠나?"

"우우, 우우우웁!"

연거푸 몸을 비틀며 괴로워하던 그는 이내 얼굴이 새파랗게 질리기 시작한다.

"······!"

"뭐, 뭐야?! 왜 이래?!"

마치 맹독에 중독되어 기도가 폐쇄된 사람처럼 얼굴이 새파랗게 변해가던 그는 이내 눈과 코에서 피를 쏟아내기 시작했다.

푸하아아악!

"허, 허억!"

"보스! 이것 좀 보십시오! 놈이 갑자기 피를 토하고 있습니다!"

"뭐라? 갑자기 그게 무슨 소리야?!"

그는 최종적인 단서를 제공했던 사람이기 때문에 추후의 행적을 쫓는데 아주 유용하게 쓰일 터였다.

하지만 그런 그가 이렇게 허무하게 죽어가고 있으니, 당연히 존의 신경이 쓰일 수밖에 없었다.

"안 되겠다! 일단 재갈을 풀고 놈의 기도를 확보하는 편이 좋겠어!"

"예, 보스!"

존은 일단 갓길에 차를 세우고 서서히 죽어가고 있는 안드레의 상태를 자세히 살핀다.

"입을 벌리고 고개를 왼쪽으로 돌려! 이물질이 끼면 기도가 막혀 숨을 쉴 수가 없다!"

"예, 보스!"

일단 차근차근 인공호흡부터 시도하려던 존은 그의 몸이 너무나 차갑다는 것을 알 수 있었다.

"젠장! 심장이 뛰지 않는 것 같아! 피도 제대로 돌지 않는 것 같고!"

"그, 그럼 어쩝니까?"

"어쩌긴, 일단 인공호흡부터 해봐야지!"

그는 안드레의 입에 자신의 입을 가져다댄 채 크게 숨을 불어넣었다.

"후우욱!"

그러자, 바닥에 누워 있던 안드레의 가슴이 한껏 부풀어 올랐다.

슈우우우욱!

바로 그때였다.

"쿨럭!"

"어라? 벌써 숨을……."

"콜록, 콜록! 이, 입에서 갑자기 연기가……?!"

죽어가는 줄로만 알았던 그의 입에서 갑자기 연기가 피어나더니 이내 승합차 안이 자욱해질 정도로 진해졌다.

이 연기는 냄새를 맡는 것만으로도 속이 거북해지고 눈이 튀어나올 것처럼 머리가 아파왔다.

일단 히트맨들은 차에서 내려 연기에서 피하고자 했다.

철컥, 철컥.

"어, 어라?!"

하지만 차문은 굳게 닫혀 열리지 않았고, 잘 나가던 자동차 역시 꼼짝을 하지 않았다.

한마디로 그들은 지금 승합차 안에 갇혀 한 발자국도 움직일 수 없는 상황이 되어버린 것이었다.

"쿨럭, 쿨럭!"

"보, 보스! 이, 이젠 어떻게 합니까?!"

"빌어먹을! 사람의 몸에서 어떻게 이런 유독물질이 흘러나올 수 있지?"

존은 일단 창문을 깨고 밖으로 나가기로 했다.

"후욱, 후욱! 일단 밖으로 나가자!"

쿵, 쿵!

그가 힘껏 창문을 발로 차 창문을 깨뜨리려 했고, 그 덕분에 몸에는 힘이 잔뜩 들어가게 되었다.

그러자, 그의 목구멍에서 비릿한 냄새가 올라오기 시작했다.

"우욱, 우우우욱……!"

"보, 보스?"

"우웨에에에에엑!"

급기야는 새빨간 피를 쏟아내며 쓰러져 버린 존, 히트맨들은 도대체 이게 어떻게 된 일인가 싶었다.

방금 전까지만 해도 멀쩡하던 사람이 갑자기 피를 토하며 쓰러지다니. 이것은 도저히 상식적으로 이해가 가지 않는 상황이었다.

일이 이렇게까지 되자 히트맨들은 어서 차에서 벗어나 신선한 공기를 마셔야 한다는 것을 직감했다.

"젠장! 총으로 유리창을 깨고 밖으로 나가자!"

"알겠어!"

철컥!

권총을 꺼내서 유리창을 겨눈 히트맨들은 고개를 좌로 돌린 후, 방아쇠를 당겼다.

타앙!

탄이 유리창을 뚫고 지나갔을 때 파편이 튀는 것을 우려하여 고개를 돌리다 보니 당연히 자연스럽게 반동이 세질 수밖에 없다.

그래서 히트맨들은 전부 일제히 몸에 힘을 바짝 주게 되었고, 그들 역시 갑자기 목구멍에서 비릿한 피 냄새가 올라오기 시작한다.

"우웨에에에엑!"

푸하아아아악!

피를 쏟아내다 못해 아예 분수처럼 뿜어낸 그들은 일제히 경련을 일으키며 죽어가기 시작했다.

"……."

단 5분도 안 되어 열 명은 모두 숨을 거두어 버렸고 차 안에 남은 사람은 한 명도 없었다.

*　　　*　　　*

네르샤는 존과 그의 부하들에게 냄새를 맡는 즉시 심장으로 스며들어 중독되는 호흡기 계통 저주마법을 시전했다.

이 저주마법은 연기가 몸에 들어가면서부터 중독이 시작되는데, 피가 심장으로 몰렸다가 몸에 힘을 주면 그것이 폭발하면서 피를 토하게 된다.

한마디로 몸에 힘을 조금이라도 주게 되면 심장이 터져 그 자리에서 죽어버리는 셈이다.

이 마법은 요인을 암살하거나 전쟁에서 적들을 대량으로 살상할 때 사용하게 되는 잔악무도한 술수였다.

엘레나는 네르샤의 이런 흑마법이 정말 치를 떨 정도로 싫었다.

"꼭 이렇게까지 해야 했나요? 저들도 엄연히 사람인데……."

"어차피 살려둬 봐야 레비로스의 발목만 잡을 뿐이야. 진정한 내자라면 이런 내조 정도는 할 줄 알아야 하는 법 아닌가?"

"흥! 살인이 내조라니, 도대체 누가 그러던가요?"

네르샤는 자신을 비난하는 엘레나의 심기를 건드리는 발언을 한다.

"후후, 나는 놈을 위해서라면 살인이 아니라 학살도 할 수 있다. 하지만 넌 그렇지 않잖아? 그러니 내 마음을 이해할 수가 없겠지."

"…뭐라고요? 제가 못할 것이라고 어떻게 장담할 수 있죠?"

"그거야 굳이 눈으로 보지 않아도 알 수 있지. 나는 너에 대해 생각보다 잘 알아."

"……."

엘레나는 처참하게 죽어버린 히트맨들을 바라보며 말했다.

"저런 학살쯤은 저도 할 수 있다고요!"

"그럼 증거를 보여 봐. 어차피 저놈들은 살아 있어 봤자 사회의 암적인 존재밖에 되지 않는 놈들이야. 몇 놈 사라진다고 나쁠 것 없다는 소리지."

"좋아요. 당신이 지목한 놈들을 내가 아주 요절을 내버릴 테니까."

그녀는 얼마 전, 강수가 주었던 라이언 맥스웰스의 사진을 건네며 말했다.

"네가 이놈을 처치해. 내가 상대편 조직의 보스를 족칠 테니까."

"좋아요!"

이윽고 엘레나는 열 명의 부하들을 이끌고 라이언을 찾아 떠났다.

*   *   *

영국 맨체스터 외곽의 한 별장에는 라이언 맥스웰스의 차량이 들어서고 있었다.

부아아아앙!

엘레나는 부하들과 함께 그런 그의 모습을 예의주시하고
있었다.

"단장님, 저놈인 것 같은데요?"

"으음, 그런가?"

그녀는 강수가 알려준 대로 위치 추적 장치가 가리키는 지
점을 스마트폰으로 받아보고 있었다.

삐빅, 삐빅!

스마트폰이 가리키는 지점이 바로 지금 이곳이었고, 때문
에 그녀들은 저 차량이 라이언의 것이라 확신할 수 있었던 것
이다.

"좋아, 그렇다면 더 이상 미룰 것 없이 작업을 시작하자
고."

"예, 알겠습니다."

그녀는 자신의 등에 매달려 있던 클레이모어를 꺼내어 신
성력을 불어넣었다.

스릉!

우우우우우웅―!

주신교 사제들의 신성력으로 담금질하여 만들어진 성기사
단장의 클레이모어는 능히 1만의 적과 싸워 이길 수 있을 정

도로 강력한 힘을 가지고 있다.

그녀는 클레이모어를 약간 아래로 내려잡은 채, 전방을 향해 힘껏 도움닫기를 했다.

팟, 피융!

마치 총알이 튀어 오르는 것처럼 힘차게 도약한 그녀는 곧장 바람의 흐름을 거슬러 땅으로 내려오기 시작한다.

쐐에에에에엥!

포탄이 날아가는 속도와 맞먹을 정도로 빠르게 하강한 그녀는 그대로 라이언 맥스웰스의 차량 지붕에 떨어져 내린다.

쉬이이익, 콰앙!

"크헉!"

운전대를 잡았던 운전기사는 물론이고 그 안에 타고 있던 라이언과 그의 충복 두 명이 순식간에 기절해 버리고 말았다.

그녀는 이리저리 비틀거리다 아름드리나무로 돌진하는 차량에서 뛰어내려 안정적으로 바닥에 착지했다.

팟!

"별것 아닌데? 차라는 물건도 아주 안전한 것은 아닌가 봐."

아직까지 그녀는 자신의 능력이 얼마나 대단한 것인지 인지를 못하고 있었다.

그래서 루야나드의 대장 기술보다 무려 몇십 배는 더 발전한 철제 기구를 검으로 베어내지 못할 것이라고 생각했다.

하지만 그것은 그녀의 크나큰 착각일 뿐, 실제로 그녀는 검으로 두께 1미터짜리 티타늄도 능히 벨 수 있는 사람이었다.

자동차의 내구성에 대해 조금 실망한 그녀는 차 안에 들어 있던 네 사람을 학살하기 위해 걸음을 옮긴다.

저벅, 저벅—

성기사단을 상징하는 은회색 부츠가 내는 발소리를 듣고 기절에서 깨어난 라이언이 그녀를 바라보며 외쳤다.

"사, 살려주시오! 어, 어서 구급대에 전화를……."

"그럴 필요 없어요. 이제 당신은 내 검에 목이 잘릴 테니까요."

"뭐, 뭐요?"

챙!

그녀는 심판의 칼날을 그의 목에 휘둘렀고, 그 즉시 라이언의 목이 공중으로 튀어 올랐다.

서걱, 푸하아아아악!

피로 물든 자동차 안, 그녀는 여기서 멈추지 않고 남은 세 명의 목도 차례대로 쳐 버렸다.

서걱, 서걱, 서걱!

아주 쉽게 잘려버린 머리들은 차 밖으로 떨어져 나와 아무렇게나 널브러져 버렸고, 그녀는 무표정한 얼굴로 검신을 갈무리했다.

　철컥!

　"끝났군."

　"고생 많으셨습니다."

　"아니야, 고생은 무슨."

　이윽고 그녀들은 아무런 일도 없었다는 듯이 발걸음을 돌렸다.

제8장
흡수하다

　영국 런던의 지하 수로.

　이곳에는 현재 1천 명이 넘는 맥시코 갱단이 도망을 치고 있었다.

　"이곳에서 시가지로 나가면 분명히 잡히고 말 것이다! 그러니 일단 외곽으로 흩어져서 다시 맥시코로 들어갈 수 있도록 모이는 것이다! 알겠나?!"

　"예, 보스!"

　무려 2천 명이나 되는 대인원이 지하 수로로 흘러들었지만, 영국의 지하 수로는 이들을 전부 다 수용하고도 남을 정도로 넓었다.

하지만 문제는 영국의 지하 수로가 너무 지나치게 복잡한 나머지 내부가 마치 미로처럼 꼬여 있다는 것이었다.

때문에 이곳에서 길을 잃게 되면 자신이 과연 어디로 가고 있는지, 심지어는 바깥 구경을 평생 동안 못하게 될 수도 있었다.

하나 요즘은 과학기술이 아주 잘 발달되어 있기 때문에 갱들은 저마다 스마트폰을 꺼내어 인터넷 GPS를 켰다.

삐빅, 삐빅!

"아무래도 이곳을 지나 대략 한 시간은 걸어야겠군."

"그럼 이쯤에서 다들 흩어지는 것으로 하시지요."

"그래, 알겠다."

2천 명의 갱들은 전부 흩어져 각자의 길을 떠났고, 마초프는 쌴초를 포함한 수뇌부 20명과 함께 런던의 외곽으로 향했다.

쏴아아아아—

때마침 영국의 지하 수로로 물이 쏟아져 나와 가뜩이나 쌀쌀한 날씨를 더 춥게 만들고 있다.

"으으, 춥군!"

"이럴 줄 알았으면 옷이라도 좀 두껍게 입을 것을 그랬습니다."

"누가 상황이 이렇게 되리라고 생각이나 했겠나? 그냥 팔자려니 생각해."

이들이 처음 런던으로 들어왔을 때에만 해도 적의 저격수와 군대가 동원될 것이라곤 생각하지 않았다.

하지만 그들이 결정적으로 지하 수로로 돌아올 수밖에 없었던 것은 그런 위협들 때문이 아니었다.

그가 지하 수로로 도망친 이유는 바로 정체를 알 수 없는 암살자들 때문이었다.

전투가 한창 벌어지고 있던 도중, 그들은 두 진영을 휩쓸고 다니면서 사람들의 목을 산 채로 베어버리는 잔학한 암살자들과 마주하게 되었다.

그들은 마치 감정이 없는 기계처럼 사람을 일률적으로 썰어 죽이고 있었는데, 그 손속이 잔악하기 그지없었다.

또한, 그들의 출현으로 인해 2천 명이 넘었던 조직원이 무려 500명 가까이 죽어나가게 되었다.

마초프는 더 이상 전쟁을 치렀다간 이 자리에서 꼼짝없이 몰살을 당하겠다 싶어서 지하 수로로 무작정 도망치고 본 것이었다.

다행이도 그들은 지하 수로까지 따라오지 못한 채 영국 군대에 의해 쫓겨나게 되었다.

한마디로 이들은 지옥에서 막 살아 돌아온 셈이었다.

"휴우, 아무튼 이 영국이라는 나라도 사람이 살 만한 곳은 아닌 모양이야."

"이 세상에 사람이 살 만한 곳이 있기는 합니까? 다들 간신히 숨이나 쉬고 사는 것이지요."

"하긴……."

마초프와 싼초들은 세상에 대한 한탄을 늘어놓으며 기나긴 여행을 계속할 요량이었다.

하지만 그런 그들의 바람은 그리 쉽게 이뤄지지 않았다.

파바바밧!

"허, 허억! 보스! 지금 우리들의 머리 위로 뭔가가 지나갔습니다!"

"뭐라고? 뭐가 지나가?"

고개를 갸웃거리던 마초프, 그런 그의 머리가 단숨에 공중으로 튀어 올랐다.

서걱!

"어, 어어어어……?"

"보, 보스!"

마치 단면을 아주 예리한 레이저로 절단한 것처럼 깔끔하게 잘려나간 그의 머리는 어리둥절한 표정 그대로 굳어 있었다.

이에, 싼초와 동료들은 혼비백산하여 서로 다른 방향으로 달리기 시작했다.

“으아아아악!”

“사, 사람 살려! 사람 살려!”

“경찰! 경찰을 부르자!”

그토록 싫어하던 경찰이라도 있었으면 좋겠다는 생각에 전화기를 잡은 싼초는 더 이상 손을 사용할 수가 없었다.

피융!

어디선가 화살이 날아와 그의 손가락을 다 따로 떨어뜨렸기 때문이다.

“끄아아아아아악!”

“싼초!”

“내, 내 손가락! 내 손가락!”

그의 동료들은 싼초의 손가락이 잘린 모습을 바라보곤 더더욱 흥분하여 달리기 시작한다.

“살려줘! 살려줘!”

하지만 그런 그들의 행동들은 그저 1초라도 더 살아보기 위해 발버둥치는 것밖에는 되지 못했다.

의문의 암살자들은 그들의 목숨을 아주 가볍고 간단하게 앗아갔기 때문이다.

촤라라라락, 서걱!

“끄아악, 끄아악!”

자신의 몸통이 반으로 양분되는 것을 지켜보는 심정은 이루 말로 표현할 수 없을 정도로 충격적이었으며, 그는 몸이 잘려 죽은 것이 아니라 쇼크로 사망하고 말았다.

이런 상황은 20명 모두에게 똑같이 적용되었으며 아주 깔끔하게 세상을 하직했다.

잠시 후, 그런 그들의 앞에 어둠속 암살자들이 얼굴을 드러냈다.

"장로님, 모두 다 처리했습니다."

"수고했다. 그나저나 이놈들, 이 세계에선 꽤나 강성한 세력이라고 하지 않았나?"

"예, 그렇습니다."

"하지만 그런 놈들 치곤 실력이 아주 형편없는데? 아니, 애초에 싸움이라는 것이 뭔지 알고는 있는 것일까?"

"그러게 말입니다."

"뭐, 아무튼 일이 잘 끝났으면 되었지."

"남은 놈들은 어떻게 할까요? 다 죽이라고 할까요?"

이들의 수장은 고개를 가로저었다.

"아니야. 그럴 필요 없다. 어차피 수뇌부만 다 죽어도 이들은 아무런 힘을 쓰지 못할 거야. 괜히 일을 더 크게 벌일 것 없어."

"예, 알겠습니다."

이윽고 그녀들은 다시 어둠 속으로 녹아들었다.

*　　　*　　　*

늦은 밤, 강수는 미국 엠파이어스테이트빌딩 스카이라운지에 있는 가브레스를 찾았다.

그는 마피아 조직 가브레스의 보스로, 그에 대해 자세히 아는 사람은 아주 극소수에 불과했다.

하지만 강수가 그를 찾아낼 수 있었던 것은 루한스 금융에서 맡아두었던 재산의 실소유주 목록에 그의 이름이 기재되어 있었기 때문이다.

다른 사람들은 전부 누구인지 단박에 확인할 수 있었지만, 오로지 한 사람의 이름만 확인이 불가능했던 것이다.

가브레스의 본명은 토미 시코트로, 올해 나이 55세의 중년 남자였다.

지금까지 그가 가브레스의 보스로서 그 정체를 발각당하지 않고 살 수 있었던 것은 바로 이중 신분을 가지고 있었기 때문이었다.

토미 시코트는 미국에서 지하철 광고물 사업을 하는 사람으로 알려져 있었기 때문에 그가 가브레스의 보스라는 것은 아예 상상조차 할 수 없었던 것이다.

때문에 지금까지 토미 시코트는 마음껏 범죄에 대한 날개를 펼쳐 지금의 조직을 일굴 수 있었다.

오늘 그는 엠파이어스테이트빌딩에서 지하철 광고물 수주를 위한 미팅을 갖는 중이었다.

강수는 그런 그를 찾아가 협상을 도모할 것이며, 만약 그것이 여의치 않게 된다면 깔끔하게 처리할 생각이었다.

스카이라운지 화장실 앞, 강수는 약간 술에 취한 그의 곁으로 다가가 함께 소변을 눴다.

솨아아아아—

그는 살짝 비틀거리는 그에게 넌지시 물었다.

"미스터 가브레스?"

"……!"

"맞지요? 미스터 가브레스."

"…뭡니까? 사람 잘못 본 것 같은데요?"

"에이, 그럴 리가 있습니까? 당신이 영국계 마피아에게 재산을 맡겼다가 개털이 된 사실도 다 알고 있는데."

"뭐하는 놈이냐… 내 정체는 어떻게 알았지?"

"어떻게 알았긴, 조직에서 관리하는 재산관리 목록에서 네 이름을 찾아냈지. 다른 놈들은 대놓고 범죄를 저지르고 다니느라 쉽게 찾을 수 있었는데 넌 아니더군."

"…영리한 놈일세."

"후후, 영리하긴. 네놈이 멍청한 것이지."

이윽고 강수는 그에게 자신이 가진 재산목록에 대한 것을 보여주며 말했다.

"나는 너희가 맡긴 돈을 모두 고스란히 가지고 있어. 물론, 이것들을 다시 돌려줄 생각은 없지만 노년에 행복하게 살 수 있을 만큼의 돈은 돌려줄 생각이 있다."

"원하는 것이 뭐냐?"

"이제부터 조직에서 손을 떼고 그냥 광고 사업이나 하면서 먹고사는 거야. 네 조직은 나에게 넘기든, 아예 해체를 시키든, 마음대로 하고."

"……."

가만히 강수를 바라보던 토미, 이윽고 그는 주머니에서 권총을 꺼내들었다.

철컥!

"어린놈이 어디서 개수작을 부리나! 아가리에 바람구멍이나 봐야 정신을 차릴 모양이군."

"이것 참… 나는 말로 잘 타일러서 협상이라도 좀 하려고 했는데, 그게 여의치 않은 모양이구나."

"협상은 무슨, 네놈은 오늘 죽은 목숨이다!"

그는 소음기가 달린 권총으로 강수의 목덜미를 노렸지만, 강수는 아주 간단하게 총의 발사를 막아냈다.

"아이스맘바!"

쉬리리릭, 팟!

강수는 자신의 손에서 냉기의 뱀인 아이스맘바를 소환해 냈다.

"쉬이이이익!"

"얼어 죽는 것이 어떤 고통인지 느끼게 해주마."

아이스맘바는 물리는 즉시 몸이 서서히 얼어가다 끝내는 한겨울의 동태처럼 꽝꽝 얼어버리는 마법맹독을 가지고 있다.

때문에 암살을 기도하는 어쎄신들이 목숨을 걸고 구하러 다니기도 했던 맹독이 바로 아이스맘바의 마법맹독이었다.

강수는 자신의 협상에 응하지 않은 가브레스의 보스,토미 시코트를 아이스맘바를 이용하여 얼려 죽일 생각이었던 것이다.

꽈득!

"으윽!"

총알보다 빨리 날아가 토미의 손목을 물어버린 아이스맘바는 송곳니에서 마법맹독을 내뿜었다.

쉬리리릭!

그러자 즉시 토미의 몸이 아주 서서히 차가워지기 시작했다.

"으, 으으으……."

"아마 지금은 오한이 찾아와 조금 추운 정도일 것이다. 하지만 1초, 1초가 지날 때마다 점점 더 추워지겠지. 아마 10분이 지났을 쯤엔 망치로 깨부술 수 있을 정도가 될 거야."

"이, 이게 무슨……?"

"자, 이제 네가 선택해라. 지금 이대로 얼어 죽을 것인가? 아니면 나에게 조직을 넘길 것인가?"

"……"

토미는 입술을 짓깨물고는 이내 강수에게 다시 권총을 겨눴다.

철컥!

"닥쳐라! 이런 말도 안 되는 짓거리로 나를 현혹할 수 있을 것 같나!"

"이런… 현혹이 아닌데, 참으로 불쌍하게 되었군."

그는 강수에게 권총을 발사하려 했으나 이미 손가락이 딱딱하게 굳어버려 방아쇠를 당길 수가 없었다.

"허, 허어어어억……!"

"이미 방아쇠를 당길 힘도 없을 것이다. 심장부터 얼어가고 있기 때문이지. 아마 지금쯤이면 신경 체계가 다 굳어서 숨도 제대로 쉬지 못할 거야."

서서히 굳어가던 그의 신체, 이내 그 신체는 더 이상 제 기능을 할 수 없는 지경에 이르게 된다.

꽈드드드득!

"커거거거걱……!"

"잘 가라. 시신은 아무도 찾지 못하게 될 것이다. 아마 이
대로 가루가 되어 다시 뉴욕에 뿌려지겠지. 그래도 다른 놈들
처럼 타향에서 객사한 것보단 나을 테니, 위안을 삼으라고."

잠시 후, 강수의 말처럼 그는 딱딱한 얼음 덩어리가 되어버
리고 말았다.

그는 자신의 손에 망치를 소환하여 더 이상 움직일 수 없는
얼음덩어리 토미를 내려쳤다.

퍼억!

와장창!

단 한 방에 산산히 부서져 버린 그의 몸은 이내 얼음 가루
가 되어버렸다.

강수는 창문을 열어 그의 신체를 빌딩 밖에 뿌려버렸고, 이
내 그 가루들은 바람을 타고 뉴욕의 밤거리를 수놓게 되었다.

"하여간 마피아들이란……."

강수는 사람을 죽이는데 취미가 없기 때문에 어지간하면
최대한 살인을 하지 않는 선에서 일을 마무리하고 싶었다.

하지만 저들이 계속 살아 있게 된다면, 필시 추후에 이 일
에 관련된 모든 사람들이 위험해질 것이다.

때문에 깅수는 어쩔 수 없는 신택을 할 수밖에 없었다.

"그래, 차라리 잘된 것이다. 저런 암적인 존재들은 없어지는 편이 낫지."

이윽고 그는 아이스맘바를 다시 갈무리하여 건물을 나섰다.

*　　　*　　　*

영국 런던에서 부딪쳤던 세 개의 조직은 일순간에 우두머리들을 잃는 바람에 그 싸움이 흐지부지되고 말았다.

깅수는 그 틈을 타 루한스 그룹을 통째로 인수할 계획을 세웠다.

루한스 금융은 휘하의 모든 회사들을 아우를 수 있는 지주회사이기 때문에 지금 그들이 팔아먹은 회사를 인수하게 되면 모든 것이 끝나는 셈이다.

그는 시장에 떠도는 사모펀드의 지분을 모두 매집했고, 단일주일 만에 루한스 그룹의 대주주가 되었다.

지금 그가 가진 지분율은 무려 70%.

그 어떤 주주들도 그의 역량을 따라갈 수가 없었다.

이른 아침, 깅수는 자신이 스스로 회장에 역임할 수 있도록 긴급이사회를 소집했다.

이미 루한스 그룹의 수뇌부들은 전부 다 죽고 없으니, 남은 것은 영향력이 미비한 중간보스들 뿐이었다.

강수는 이들의 의견을 종합하여 자신이 회장이 되었음을 선포했다.

"내가 회장이 되는데 이의를 가진 사람 있나?"

"…없습니다."

"좋아, 그렇다면 내가 새로운 대표이사이자 회장으로 역임하면 되겠군."

"축하드립니다!"

짝짝짝짝!

회사에 남은 중간보스들은 대부분 총이나 칼을 휘두르던 폭력배들과는 거리가 먼 사람들이었다.

그들은 오로지 머리를 굴리는 것만으로 조직에 들어와 중간보스 자리를 영유하고 있었을 뿐이다.

그런 그들이 이렇게 무지막지한 강수를 제대로 대면할 수 있을 리가 없었다.

이제 그는 자신의 측근들을 사라진 이사진들 대신 기용할 수 있도록 안건을 발의했다.

"지금 이 회사에 전무, 상무, 이사, 등등이 없으니 다시 임명하는 편이 좋겠지?"

"예, 회장님. 그렇습니다."

"좋아, 그렇다면 내가 직접 이 사람들을 천거하도록 하지."

그는 전무이사에 렉시를 내정하고 그 휘하의 상무이사에 다니엘, 상무보에 제이크를 내정시켰다.

"앞으로 이 회사와 조직은 이 사람들을 필두로 돌아가게 될 것이다. 모두 그렇게 알고 있도록."

"예, 회장님!"

지금껏 단 한 번도 함락된 적 없었던 루한스 그룹이 통째로 강수에게 흡수되는 순간이었다.

*　　　*　　　*

강수는 중국에 있는 KS건설개발을 루한스 그룹에 편입시키고 그 본사를 미국으로 옮겼다.

또한, 베트남에 위치하고 있던 정유회사 역시 상호를 바꾸어 새롭게 출범시키기로 했다.

이로서 강수는 자신이 온전히 그룹을 장악할 수 있도록 그 기반을 탄탄히 다지게 된 것이었다.

그는 그룹에서 관리하고 있던 자회사들이 과연 어떤 역량을 갖추고 있는지 알아보기로 했다.

렉시는 전무이사로서 회사의 모든 기반들이 얼마나 단단하게 다져져 있는지 확인했다.

"얼마 전, 한강일보그룹이 통째로 루한스 홀딩스에게 인수되었습니다. 그 자금을 이번 달 말까지 조달하기로 했고요."

"한강일보그룹을 통째로? 그 금액이 상당히 클 것인데 말이죠."

"예, 그렇습니다. 이번에 루한스 홀딩스가 출자하기로 했던 금액은 총 2천억 원, 달러로 약 2억 달러입니다."

"흠… 덩어리가 꽤 큰 건이군요."

"하지만 한강일보그룹은 휘하에 미디어콘텐츠 회사, 연예기획사, 신문사, 인터넷 포털사이트 등을 보유하고 있습니다. 심지어 방송사까지 가지고 있는 한강일보그룹인데 2천억으로 인수한다면 남는 장사 아니겠습니까?"

"그렇군요. 그렇다면 지금 루한스 그룹에서 조달하기로 했던 금액을 자시 모아서 인수 합병을 진행하세요."

"네, 알겠습니다."

그녀는 계속해서 다른 계열사들에 대해 설명한다.

"루한스 홀딩스 휘하에는 건설, 선박, 부동산이 있습니다. 아시다시피 부동산은 세금 포탈이나 비자금 조성 등에 사용되고 있지요. 하지만 건설과 선박은 그 규모가 꽤나 튼실합니다. 건설은 중동 인프라사업에 동원되고 있고 선박은 관광 페리선과 소형 크루즈를 선조하고 있습니다. 수익률도 꽤나 좋은 편이고 그에 딸린 선박 운수도 상당히 안정되어 있습니다."

"생각보다는 합법적인 사업에 손을 많이 벌여놓은 모양입니다."

"비록 북동그룹의 자금줄이라곤 해도 이들 역시 양지로 나아가길 원했던 것이 아닌가 싶습니다. 그래서 한강일보그룹도 인수를 하려 했던 것이고요."

"하긴, 신문사보다 더 좋은 건수는 없었겠지요."

렉시는 지금 중동으로 진출한 건설회사가 겪고 있는 문제점들에 대해 설명했다.

"그런데 최근, 중동으로 진출했던 회사에 약간의 문제가 발생한 것 같습니다."

"문제요?"

"내전에 테러 조직으로 인해 중동은 지금 난민으로 넘쳐나는 상황입니다. 그 상황에서 유전이 폭탄 테러를 당하는 불상사를 겪었지요."

"흠… 그렇다면 타격이 꽤나 컸겠는데요?"

"이미 시추를 해놓은 상태이기 때문에 인프라를 다시 구축하는데 문제는 없습니다만, 돈이 많이 든다는 것이 큰 단점이지요."

"…빌어먹을 놈들이군. 갑자기 멀쩡하던 유전은 왜 폭파한 거랍니까?"

"아무래도 무장 세력들이 영국발 자본주의를 축출시키기

위해 테러를 자행한 것으로 보입니다. 물론, 자세한 사안은 좀 더 조사를 해봐야 알 것이고요."

"그렇군요."

이제 막 회사를 인수하여 내부사정에 대해 잘 모르는 강수였지만 루한스 건설이 갖는 메리트가 상당하다는 것을 알 수 있었다.

이 정도의 인프라를 구축한다는 것은 루한스 건설의 역량이 일정 수준 이상이라는 뜻이었다.

"앞으로 건설과 선박은 잘 키워야 할 우량주들이군요."

"전도가 유망하다는 표현이 맞겠지요. 아무튼 더 세부적인 사안들은 보고서로 작성하여 재출하도록 하겠습니다."

"네, 그렇게 해주세요."

비서실장으로 역임했다가 전무이사까지 올라간 렉시에게 강수는 계열사 사장의 자리를 맡겨볼 생각이다.

"저기, 렉시. 만약 승진을 시킨다면 잘할 수 있겠습니까?"

"지금도 바쁜데 승진을 시킨다고요?"

"건설 회사를 맡아주세요. 건설을 맡아줄 사람이 당신밖에는 없는 것 같습니다."

"…알겠습니다."

또한, 그는 다니엘에게 다시 루한스 금융을 맡기고 그들이 가지고 있던 지분을 전부 KS건설개발로 흡수시켜 출자 구조를 변경할 생각이었다.

"다니엘에게 다시 금융 쪽을 전담시키세요. 선박회사는 전문 경영인을 고용해서 키워내고요."

"네, 알겠습니다. 그럼 예정대로 이번 주까지 출자 구조를 변경하면 되겠군요."

"그렇겠지요?"

한마디로 이제 다니엘은 본부장에서 계열사 사장으로 신분이 상승한 것이다.

*   *   *

루한스 금융이 비공식 사금융에서 공식적인 사금융기관으로 변모하게 되면서 루한스 홀딩스로 정식 명칭을 변경했다.

이로서 이제 루한스 금융의 식구들은 드디어 자신의 평생 직장을 얻게 된 셈이었다.

다니엘은 루한스 홀딩스의 사장으로 발령받으면서 비서실장으로 다시 레이첼을 등용시켰다.

그녀는 다니엘의 부름에 흔쾌히 동의했고, 그는 회사에서 나온 보상금에 휴가비를 얹어 그녀에게 지급했다.

"자, 받으십시오."

"약속하셨던 돈인가요?"

"통장 명의는 당신 앞으로 되어 있어요. 비밀번호는 당신 생일이고요."

"고마워요."

레이첼이 받은 돈은 한화로 무려 10억, 회사를 인수하는데 지대한 공을 세운 덕분이었다.

거기에 다니엘이 10만 달러를 얹어주었기 때문에 총 11억 원이 된 셈이었다.

그녀는 통장을 열어보곤 화들짝 놀라 물었다.

"이, 이렇게 많은 보너스라니⋯⋯! 돈이 너무 많이 들어 있는데요?"

"회사를 살린 보답이랍니다. 말했잖아요? 내 보스의 통은 상당히 크다고요."

"아무리 통이 커도 이건 좀⋯⋯."

"그냥 줄 때 받으세요. 이런 기회가 흔한 것은 아니니까요."

"일단⋯ 알겠어요. 당신 말대로 할게요."

사실, 그녀는 이제 더 이상 일을 하지 않아도 충분히 먹고 살 수 있을 정도의 재화를 갖게 되었다.

하지만 그렇게 되면 더 이상 다니엘을 가까이서 볼 수 없기 때문에 직장을 그만두는 일은 없을 것이다.

"아무튼 앞으로도 잘 부탁합니다."

"저야 말로요."

앞으로 회사가 발전하는데 그녀의 역할이 아주 클 것으로 기대하는 다니엘이었다.

루한스 그룹이 강수에게 넘어간 후, 렉시는 스스로 휴가를 내어 대략 일주일이라는 시간을 받아냈다.

그녀는 로이드에게 약속한 대로 화끈한 선물을 줄 예정이었다.

렉시는 월요일부터 월차에 휴가까지 모두 다 사용하여 일주일을 통으로 비운 로이드와 함께 고비산맥 투어를 갈 차비를 차렸다.

그는 아주 설레는 마음으로 런던공항을 찾았다.

"하하, 하하하! 내가 정말 렉시, 당신과 함께 여행을 떠나게 되다니, 믿기지가 않는군!"

"사람이 살다 보면 좋은 일도 있고 나쁜 일도 있는 법이지."

"이제야 내가 왜 살아왔는지 알 것 같아! 당신과 이런 행복한 시간을 보내기 위해서였던 것 같아!"

"…꿈보다 해몽이 좋군."

마치 어린 아이처럼 들떠있는 그와 함께 비행기에 오른 렉시는 이번 일정에 대해 설명한다.

"우리가 몽골에 도착하면 그곳에서 고비산맥까지 차를 타고 이동할 거야. 아마 가면서 쉬는 시간까지 합치면 대략 이틀은 걸리겠군."

"이틀이라⋯⋯."

"그동안 우리가 무엇을 할지는 알아서 생각하도록."

그는 렉시와의 시간을 어떻게 보낼지 생각하는 것만으로도 가슴이 벅차오르는 것 같았다.

"당신과의 캠핑이라니! 억만금을 주어도 아깝지 않은 일이군!"

"⋯⋯."

그녀는 다신 이렇게 순진한 사람을 꿰어낼 일을 꾸미지 않겠다고 다짐한다.

무려 서른이 넘은 남자가 다 큰 여자를 앞에 두고 이런 행동을 하다니, 그녀는 죄책감을 이루 말로 표현할 수가 없었다.

하지만 그런 만큼 보상은 확실히 해줄 테니 걱정 없었다.

"어이, 로이드."

"응?"

"당신은 화끈한 것이 좋아, 은근한 것이 좋아?"

"그게 무슨 뜻이야?"

"뜻은 묻지 말아. 그냥 끌리는 것이 뭔지나 답해."

"으음, 그렇다면 나는 화끈한 쪽으로 한 표를 던지고 싶어."

"화끈한 것이 좋다니, 다행이군."

이윽고 그녀는 비행기 내부에 사람이 몇몇 있음에도 불구하고 그의 벨트를 칼로 끊어버렸다.

서걱!

"허, 허억!"

"화끈한 것이 좋다고 했지? 이제부터 여행이 끝날 때까지 아주 화끈한 것들이 연속되게끔 해주겠어."

"자, 잠깐…! 아직 나는……!"

"쉿! 시끄러워. 계속 지껄이면 일주일 내내 아무것도 없을 줄 알아."

"……."

순식간에 합죽이가 되어버린 로이드, 그는 그날 진정한 황홀경이 무엇인지 경험할 수 있었다.

제9장
정착

　나른한 주말의 오후, 강수는 러시아 뒷골목에서 받아온 신분증을 가지고 하이엘프들과 다크엘프들의 신분 세탁을 준비하고 있다.

　"자, 여기보세요!"

　찰칵!

　신분증에 들어갈 사진을 새로 찍고 그것을 정부에 제출하여 인가를 받으면 그들은 비로소 신분을 획득하게 되는 셈이다.

　강수는 4천 명이나 되는 인원들의 사진을 찍고 그것을 다시 정부로 보내는 작업을 진행할 것이다.

물론, 네르샤와 엘레나 역시 새로운 이름으로 된 신분증을 발급받을 수 있었다.

네르샤는 남미에서 온 가브리엘이라는 이름을 갖게 되었고, 엘레나는 러시아 여자 마리아의 이름을 받았다.

이들 두 사람은 현재 행방불명으로 처리되었다가 아직까지 돌아오지 못한 고아 출신 여자들이었다.

친구들이 있긴 하겠지만 가족 자체가 없으니 이들의 신분이 노출될 일은 아마 없을 터였다.

강수는 각 부족의 신분용 사진을 모으고 신분증 재발급을 위한 준비를 서두른다.

"각 지방으로 따로따로 서류를 보내려면 시간이 별로 없어. 이제 곧 너희가 먹고살 수 있는 터전도 만들어야 하는데 말이야."

"알겠어. 일단 서두를 수 있는 대로 서둘러볼게."

이윽고 강수는 마피아들의 숙소로 향했다.

히트맨 출신 마피아들은 이곳에 근거지를 두면서 살아갈 수 있도록 했다.

몇몇 인원들은 다시 회사로 돌아가는 것을 원했지만, 그렇지 않은 사람들이 더 많았다.

그들은 이곳에 근거지를 두고 살아가면서 농사도 짓고 물고기도 잡으며 살기를 원했던 것이다.

뚝딱, 뚝딱!

이른 아침부터 제25구역 주민들의 손은 바쁘게 움직이고 있었다.

그들은 강수가 지원해 준 유리온실 재료들을 하나하나 직접 이어 붙여 겨울에도 작물을 재배할 수 있도록 준비하고 있었다.

랄프는 그런 그들에게 기술을 전수해 주며 앞으로 어떻게 유지 보수를 해야 할지 그 대안에 대해 설명해 줬다.

"이것들은 모두 천연가스로 작동한다. 아는 사람은 다 알겠지만 베트남 유전에서 나온 천연가스들이 이곳으로 옮겨지는 실정이다. 그 천연가스 중 일부를 우리가 사용하게 된 것이지. 고로, 가스를 아낄 필요는 없어."

"잘 되었군요. 유지비를 걱정하고 있었는데 말입니다."

"이곳에 농사를 짓는 사람들은 너희가 처음이야. 그런 너희들에게 유지비라는 부담까지 얹게 한다면 도대체 어떻게 살겠어? 지금부터 겪을 시행착오가 한가득인데 말이야."

"하긴, 그건 그렇군요."

"아무튼 시행착오를 겪을 때마다 그에 대한 식량은 강수가 공급해 줄 것이다. 그러니 너무 열매에 집착하지도 말고, 그렇다고 너무 해이해지지도 말아라. 알겠나?"

"예, 랄프 님."

랄프는 원래의 괴팍한 성격 대신 아주 부드러움으로 일관하고 있었는데, 이것은 모두 그가 인간 세상에 점차 적응하고 있다는 뜻이었다.

이제 그 역시 강수처럼 누구가를 자신이 책임지고 있다는 생각에 삶 자체를 다르게 영유하고 있었던 것이다.

이 고비산맥이 갖는 의미는 저마다 다르겠지만, 랄프에겐 특히나 다 특별하게 다가왔다.

그는 이곳에 새로운 세계를 창조하고 그곳을 아름답게 가꾸어 나갈 꿈을 꾸고 있었던 것이다.

*　　　*　　　*

강수는 하이엘프들이 가꾸게 될 17구역을 전부 농작지와 과수 지대로 조성했는데, 앞으로 이들은 자신들만의 노하우로 경작을 하게 될 것이다.

그녀들은 지금까지 루야나드에서 살아오면서 충분한 지식을 쌓은 상태였다.

하이엘프들은 자신들이 산에서 캔 나무로 직접 만든 농기구들과 랄프의 대장간에서 만들어낸 쟁기 등으로 밭을 갈고

씨를 뿌렸다.

퍽퍽퍽ㅡ!

"쟁기로 밭을 갈고, 논을 엎고! 겨울엔 먹을 것이 넘치겠구나!"

"호호호!"

그녀들은 이따금 농사를 지으면서 불렀던 노동요를 부르면서 나름대로 즐거운 농사를 짓는 중이다.

엘레나 역시 구슬땀을 흘리며 한 겨울에 경작에 동참하고 있었다.

하이엘프들은 신분의 고하를 막론하고 성기사라는 직함을 가지고 있으면 무조건 농사에 동참해야 했다.

이들은 전사와 농민의 계급에 차이가 없고, 모든 구성원이 생존을 위해 함께 노력하는 종족이다.

그렇기 때문에 누가 더 노력하고 누가 더 편하게 지내는 것이 구분되지 않았던 것이다.

하지만 그에 반해 다크엘프들은 오로지 모든 농사를 언데드들에게 맡겨놓고 자신들은 늘어지게 낮잠이나 자는 종족이었다.

네르샤는 땀을 뻘뻘 흘리면서 땅을 경작하고 있는 엘레나를 바라보며 실소를 흘린다.

"멍청한 것들. 엘프면서 정령 하나를 다루지 못한단 말이야? 한심하군, 그래서 어디 이번 겨울을 넘기기나 하겠어?"

"…남이사 겨울을 넘기든 말든 당신이 무슨 상관인데요?"

"후후, 나야 별 상관은 없지. 하지만 너희들 때문에 우리의 곡식까지 털릴까 봐 걱정이야."

"그럴 일은 절대로 없을 테니 걱정할 필욘 없어요."

여전히 신경전을 벌이는 두 사람을 본 강수는 멀리서부터 그런 그녀들을 나무라며 다가갔다.

"아침부터 싸움질이군. 너희 두 사람은 지겹지도 않나?"

"이 여자가 먼저 시비를 거니까 그렇죠!"

"새파랗게 어린 것이 거짓말 치는 본새 좀 보게? 누가 먼저 시비를 건다고? 네가 욕먹을 짓을 하니까 그렇지."

"뭐예요?"

강수는 두 사람을 갈라놓으며 말했다.

"거참, 그만들 좀 하라니까! 아무튼 너희들의 신분증이 새로 나왔어. 그런 의미로, 만약 회사에서 일하고 싶은 사람이 있다면 모아서 데리고 나올 수 있도록."

"회사요?"

"마피아들처럼 회사에서 일하고 싶은 몇몇은 미국으로 건너가서 도시 생활을 영유하게 될 거야. 물론, 하이엘프들은 도시 생활이 좀 힘들겠지만, 다크엘프들은 버틸 수도 있을 것 같아서 말이야."

네르샤는 고개를 가로저었다.

"우리들도 엘프야. 당연히 도시 생활이 힘들겠지. 이 멍청아."

"흠, 그렇군."

"그 신분으로 남은 과일이나 곡식을 시장에 내다 파는 것은 몰라도 대도시로 나가 사는 것은 불가능해."

엘프들은 기본적으로 숲의 종족이었기 때문에 공해가 심한 곳에선 거의 살아갈 수가 없다.

때문에 네르샤나 엘레나 역시 요인 암살이나 공작이 있지 않은 날엔 대부분 숲에서 지내려 했다.

처음엔 세상을 배우는 것이 흥미를 느껴 돌아다녔지만 나간 지 보름도 채 지나지 않아 기관지가 악화되는 끔찍한 경험을 했다.

때문에 그녀들은 더 이상 숲을 떠나 살 생각이 전혀 없었다.

"아무튼 그 뜻은 잘 알았다."

"그럼 다시는 그런 말도 안 되는 개소린 그만 지껄이도록."

"그래."

이윽고 강수는 그녀들에게 연합대전이 열린다는 소식을 전한다.

"아참, 그리고 몬스터들의 연합대전이 매주 열린다. 너희들도 참여하고 싶으면 말해."

"연합대전?"

"두 종족이 서로 섞여 현대 전투와 중세 전투를 벌이는 게임이야. 첨단 장비가 부착되어 있기 때문에 진검이나 실탄은 사용하지 않는다. 그래서 다치는 경우가 있다고 해도 타박상이나 골절 정도야."

순간, 네르샤와 엘레나가 서로를 바라보며 의견을 일치시킨다.

"할래!"

"할게요!"

"으음? 정말? 너희들도 연합대전에 참여하겠다고?"

"물론이지. 이렇게 하이엘프를 짓밟을 수 있는 좋은 기회가 있는데 당연히 참여해야 하는 것 아닌가?"

"맞아요. 해골은 살아 있는 사람을 못 이긴다는 것을 깨닫게 해주겠어요!"

강수는 고개를 가로저었다.

"아니, 그런 불순한 의도를 가지면 안 돼. 왜냐면 연합대전은 무작위로 팀을 섞어서 나가거든, 그래서 두 종족이 섞이지 않으면 게임을 할 수가 없어."

"그런 말도 안 되는 게임이 다 있나?!"

"하지만 지금까지 우리는 그렇게 살아왔어. 앞으로도 그럴 것이고."

"흠……."

엘레나와 네르샤는 강수에게 절충안을 제시했다.

"좋아, 그럼 이렇게 하지."

"어떻게 말이야?"

"어차피 몬스터들은 지금까지 편을 섞어가면서 게임을 해왔지만, 우리는 이번이 처음이잖아?"

"그렇지."

"그러니까 우리들은 섞인 팀에 따로따로 들어가서 게임을 하는 거야. 이렇게 되면 저들도 재미있고 우리도 재미있지 않겠어?"

"하지만 그건 룰 위반인데……."

"룰 위반이 아니고 룰의 재정비지."

"맞아요. 이번에는 이 여자의 말이 맞네요."

강수는 그녀들의 제안에 일단 고개를 끄덕이게 되었다.

"좋아, 그럼 그 방안에 대해서 심도 있게 논의해 보자고."

"후후, 그래! 잘 생각한 거다."

엘레나와 네르샤는 서로를 노려보며 전의를 불태웠다.

"불구로 만들어주지!"

"이하동문이다!"

두 사람은 여전히 이를 바득바득 갈고 있었다.

    *   *   *

연합대전에 하이엘프와 다크엘프가 참여한다는 소식에 다니엘과 제이크 역시 팀을 꾸리기로 했다.

두 사람은 그녀들과 함께 비지땀을 흘린다면 분명 좋은 일이 생길 수도 있을 거라고 생각하고 있었다.

그러나 그것은 그들의 착각일 뿐, 현실은 너무나 험악하고 가차 없었다.

퍼억!

"끄허억!"

"약골이군요. 이래서 무슨 전투를 치르겠다는 건가요?"

"……."

하이엘프들은 평생을 전장에서 굴렀기 때문에 싸움에는 아주 특화가 되어 있었다.

하지만 여전이 인간의 범주를 벗어나지 못하는 히트맨들은 그런 그녀들을 도저히 이길 수가 없었다.

아니, 엇비슷하게 싸우기라도 해야 뭘 어떻게든 해볼 수 있을 텐데, 그것도 불가능했던 것이다.

그나마 다니엘이 일대일이라면 아주 조금이나마 하이엘프와 자웅을 겨룰 수 있어 희망이 있었을 뿐이다.

다른 히트맨들은 그녀들의 얼굴을 보자마자 곧바로 한 대 얻어맞고 드러눕기 일쑤였다.

다니엘은 자신의 앞에 선 엘레나를 바라보며 절망에 찬 표정을 지었다.

'이 여자들은… 사람이 아니야! 내가 어떻게 해볼 수 있는 상대가 아니란 말이다…….'

그제야 그는 하이엘프와 자신들은 애초에 그 갈래부터가 다른 사람들이라는 것을 깨달은 것이다.

이제 그들은 경기 자체를 포기하겠노라 굳게 다짐했다. 하지만 엘레나는 그런 나약함을 애초에 허락한 적이 없었다.

퍼억!

"크억!"

"일어나요. 언제까지 누워 있기만 할 건가요?"

"나, 나는 당신들과 도저히 함께 싸울 수가 없을 것 같소… 당신들도 괴물이고 저 괴물들도 괴물이고…….'

"크룩?'

엘레나는 나약한 소리를 늘어놓는 그에게 말했다.

"이 세상에 해서 안 되는 것은 없어요. 나라고 원래 이렇게 싸움을 잘했을까요?'

"그렇긴 하지만…….'

"하면 됩니다. 해서 안 되는 일은 없어요."

그녀는 지금까지 자신이 해왔던 말도 안 되는 혹독한 트레이닝에 대해 설명한다.

"초인이 되고 싶다면 나에게 한 달만 트레이닝을 받아요. 그럼 확실히 좋아질 겁니다."

"……."

"하고 싶지 않아요?"

"아니요, 그건 아니지만……."

"그럼 자존심은 한쪽으로 접어두고 훈련을 받아요. 아침부터 저녁까지 오로지 나와 함께하는 겁니다. 어때요?"

"……."

과연 저런 괴물들과 뭘 어쩌겠나 싶었던 다니엘이지만, 조금만 생각해 보면 이것은 분명 기회였다.

하지만 문제는 그 혹독한 훈련을 자신이 버틸 수 있느냐였다.

"어때요? 아직도 결정하기 힘들어요?"

"…잠시만 시간을 주십시오."

"알겠어요. 5초 드릴게요. 그 안에 결정하세요."

"아아, 잠시만 기다려 주십시오!

"1초, 2초……."

그녀는 싸움에 있어선 상당히 높은 프라이드를 가지고 있었던 만큼 제자를 거두는 일에 대해서도 상당히 단호했다.

다니엘은 그런 그녀를 따르기로 결심했다.

"좋습니다! 당신과 함께하겠습니다."

"그래요, 잘 생각한 겁니다."

그는 속으로 이를 악물었다.

'그래, 이 세상에 해서 안 되는 일은 없다! 나 역시 특수부대에서 날리던 놈이다! 여기서 죽을 리가 없어!'

그 힘들다는 영국 SAS에서 교관을 지냈던 그는 자신의 한계를 시험해 보기로 결심했다.

* * *

이른 새벽, 다니엘의 숙소로 엘레나가 찾아왔다.

쾅!

"이 시간에 잠을 자면 어떻게 하나요? 어서 일어나요!"

"으음……."

"정신을 못 차리겠다면 내가 차리게 해주지요."

그녀는 묵직한 곤봉을 꺼내어 그의 온몸을 마구 두들겨 패기 시작한다.

빠악, 빠악!

"끄아아아아악!"

"어서 일어나요. 그대로 가만히 있으면 온몸의 뼈를 다 부러뜨릴 겁니다."

"허억, 허억!"

손목과 발목이 부러져 자리에서 일어서지도 못하는 그를 바라보며 엘레나는 여전히 독설을 퍼부었다.

"그런 굼뜬 몸으로 뭘 어떻게 하겠다는 거죠? 어서 일어나지 못해요?"

"하, 하지만 손목과 발목이 부러져 버렸단 말입니다!"

"전장에서 손목, 발목이 부러지면 안 싸워요?"

"그, 그건⋯⋯."

"그깟 골절 하나 때문에 전쟁하지 못했다면 지금 이곳에 살아 있을 사람은 아무도 없을 겁니다. 엄살 그만 피우고 어서 일어나기나 해요."

"끄응⋯⋯."

별수 없이 자리에서 일어선 다니엘은 가까스로 그녀의 앞에 섰다.

"거봐요. 하면 하잖아요?"

"흐윽, 흐윽⋯⋯."

고통에 찬 표정을 짓는 다니엘, 엘레나는 자신의 손에서 백색 빛을 만들어내 그의 몸에 뿌렸다.

스르르릉, 촤락!

그러자, 부러졌던 다니엘의 뼈가 붙어 이전보다 훨씬 더 단단해졌다.

"어, 어라?"

"회복마법이에요. 설마하니 내가 미쳤다고 생으로 당신의 뼈를 부러뜨렸을까요?"

"그, 그런 깊은 뜻이……."

"비가 온 뒤에 땅이 더 단단해지는 법, 뼈도 부러졌다 다시 붙으면 점점 더 단단해집니다. 앞으론 뼈가 부러져도 그러려니 하세요."

"……."

지금 그녀는 대놓고 앞으로 그의 뼈를 매일같이 부러뜨렸다가 다시 붙일 것이라고 선언한 것이었다.

다른 사람들이 이런 소리를 했다면 그냥 헛소리구나 하고 넘겼겠으나, 엘레나는 정말로 그렇게 하고도 남을 여자였다.

그는 자신이 교관으로 재직하면서 금빛 악마로 불렸던 것이 갑자기 창피해지기 시작한다.

'그래, 진짜 악마는 여기에 있었어. 순백색 악마!'

엘레나는 잠시 정신이 빠져 있는 그의 정강이를 발로 확 걸어찼다.

빠악!

"끄아아아악!"

"정신을 놓으면 어떻게 하나요? 벌로 정강이를 세 대 맞으세요."

"자, 잠깐……."

빠각!

"끄허어어억!"

결국 그의 정강이는 부러져 다리가 뒤틀려 버렸고, 엘레나는 다시 그의 다리에 회복마법을 걸었다.

스르르릉, 촤락!

"허억, 허억……."

"어때요? 고통이 사라졌죠?"

"…고맙습니다."

"후후, 뭘요."

다니엘은 이제야 정말 임자를 만났다는 것을 실감했다.

*   *   *

고비산맥 17구역, 이곳은 험준한 산세와 가파른 기암절벽들이 줄을 지어 늘어서 있는 곳이다.

만약 이곳에 일반인을 그냥 덩그러니 떨어뜨려 놓는다면, 십중팔구 사망에 이르고 말 것이다.

엘레나는 그런 기암절벽 한복판에 그를 내려다놓았다.

휘이이이잉—!

건물 30층 높이의 기암절벽에 매달린 다니엘은 자신의 몸을 벽에서 떨어뜨리려고 일부러 부는 듯한 바람을 가까스로 이겨내고 있었다.

"크흑! 제기랄! 이게 무슨 훈련이야?! 나를 죽이려고 작정했습니까?"

"안 죽어요. 우리 일족들 중에서 이 정도 높이에서 떨어져 죽었다는 사람이 있다는 소리는 들어본 적이 없어요."

"…그건 당신들 입장에서 말한 것 아닙니까? 나는 인간이라고요!"

"맞아요, 당신은 인간이죠. 하지만 당신을 훈련시키는 나는 인간이 아니에요. 그러니 보통 인간처럼 굴 생각일랑 아예 하지도 말아요."

직선거리로 따져도 100미터가 훌쩍 넘는 이 기암절벽에서 도대체 사람이 어떻게 살아남으라는 것인지, 다니엘은 도무지 이해할 수 없었다.

그는 벌써 일곱 시간 째 절벽에 매달려 있었는데, 이제는 더 이상 한 발자국도 뗄 기력이 남아 있지 않았다.

"허억, 허억……."

바람이 마구 불어오는 것은 그나마 견딜 만했지만 지금은 정오를 막 지난 시간이라 햇볕이 미친 듯이 내리쬐고 있었다.

째앵!

덕분에 그는 앞을 보기조차 힘들었고, 위를 바라보지 못하는 바람에 체력은 점점 더 빨리 고갈되고 있었다.

아마 이곳에 10분이라도 더 매달려 있다간 십중팔구 목숨을 잃고 말 것이었다.

이제 다니엘은 자신이 이곳에서 죽을 것이라는 확신까지 갖게 되었다.

"사, 살려주세요! 도대체 이런 훈련에서 어떤 사람이 살아남을 수 있단 말입니까?!"

"내가 말했죠? 당신은 이제 사람이 아니라고요. 악을 써요. 그리고 끝까지 버텨요. 할 수 있어요."

"…으아아악! 젠장!"

SAS에서도 이런 비슷한 훈련을 받긴 했었지만 이렇게까지 무식하고 어처구니없을 정도로 위험한 훈련은 아니었다.

아니, 최소한 안전 장비로 가느다란 로프 하나라도 있었다면 지금처럼 두려움에 떨지는 않았을 것이다.

지금 다니엘은 손 한 번 잘못 뻗으면 그대로 황천행 신세가 될 판이었다. 아무리 담이 큰 사람이라고 해도 이 정도 절벽에서 제정신으로 버틸 수는 없을 것이다.

"허억, 허억……."

"버텨요. 할 수 있어요."

하지만 그녀는 인간의 범주를 벗어난 초인.

다니엘은 그제야 자신이 가야 할 길이 어떤 길인지 깨달았다.

"씨발, 그래! 죽기 아니면 까무러치기다!"

"후후, 이제야 진짜 독기가 생긴 모양이군요."

"으아아아아악!"

다니엘은 젖 먹던 힘까지 죄다 쥐어짜냈고, 그 힘을 원동력으로 삼아 한 발, 한 발 벽을 오르기 시작했다.

턱!

"크헉, 크헉!"

손이 다 까져서 뼈가 보일 지경이었으나 다니엘은 그런 고통마저 잊은 지 오래였다.

그는 죽음의 언저리에서 한 발자국을 떼며 의지를 다잡았고, 그제야 그는 자신의 한계가 조금씩 깨어지는 느낌을 받았다.

'움직일 수 있다! 할 수 있어!'

사람이 죽을 위기에 놓이게 되면 초인적인 힘을 발휘하게 된다는 말이 있다.

하이엘프들은 그런 초인적인 힘을 자유자재로 다룸으로 인해 지금의 경지에 오른 것이었고, 신성력 또한 목숨을 건 수련을 통해 얻어낸 능력이었다.

그런 훈련을 받아왔기에 그녀들이 인간을 훈련시킨다면 당연히 이렇게 무지막지한 방법을 쓸 수밖에 없었다. 아니, 정확히 말하자면 이런 방법 외의 다른 방법은 알지도 못했다.

다니엘은 악에 악을 더해서 무려 두 시간을 더 기어올라 드디어 정상에 닿았다.

"흐어어억, 흐어어억……!"

너무 숨이 찬 나머지 숨소리가 옆으로 새는 것 같은 느낌이 드는 다니엘, 그는 정상에 오르자마자 그대로 쓰러져 버렸다.

털썩.

"……."

이윽고 그는 곧장 깊은 잠에 빠져들었고, 엘레나는 그런 그의 몸에 동물의 모피로 만든 담요를 덮어주었다.

"한 단계를 이제 막 넘었네요."

앞으로 그녀는 조금 더 거칠게 그를 밀어붙여 인간의 범주를 초월하도록 만들 생각이었다.

* * *

늦은 밤, 엘레나는 다니엘을 데리고 고비 강 유역 중류를 부유하고 있었다.

촤락— 촤락—

그녀는 통통배 한 대를 띄워 고비 강 유역을 유영하며 망중한을 즐기고 있었고, 다니엘은 그 바로 앞에 맨몸으로 입영을 하고 있었다.

"어푸, 어푸……!"

"특부수대에서 수영도 배웠다죠? 그러니 이곳에서 내일까지 버티는 것도 무리는 아닐 겁니다."

"허억, 내, 내일까지, 허억 이곳에서 버티라고요?"

"왜요? 뭐가 잘못되었나요?"

다니엘은 벌써 입술이 새파랗게 질려버린 자신의 얼굴을 손으로 가리키며 말했다.

"자, 잘봐요, 허억, 제 얼굴이 지금 어떻게 되었는지! 허억, 벌써 다섯 시간째 이곳에서 이러고 있다고요! 지금은 겨울이에요! 어쩌다 보니 얼음이 약간 녹았지만, 허억, 허억, 이대로라면 사람이 죽는다고요!"

"하지만 안 죽었잖아요."

"……."

지금은 겨울에서 봄으로 계절이 바뀌는 시기이긴 하나, 주변의 온도는 여전히 영하권에 머물고 있었다.

더군다나 고비 강은 지하수가 용천되어 쏟아져 나오는 방식이기 때문에 그 온도가 여타 다른 강에 비해 족히 두 배는 차갑다.

때문에 완연한 봄이 오기 전까지는 사람이 수영하기엔 온도가 너무 차가워 저체온증에 걸리기 십상이다.

그러나 이번에도 엘레나는 다니엘을 사람으로 취급할 생각이 전혀 없다는 식으로 말했다.

"당신은 사람이 아니에요. 분명히 제가 말했죠? 당신은 원래 사람이지만, 저는 아니라고요. 저는 인간이 아니기 때문에 당신을 인간처럼 대하지 않는 것뿐입니다. 물론, 한 번 시작된 훈련은 당신이 그만두고 싶다고 해서 그만둘 수도 없고요."

"…그런 말도 안 되는 공식이 어디에 있습니까? 아까는 차라리 억지로 힘을 쥐어 짜내면 살 수 있었지만, 지금은 아니잖아요! 얼어 죽는다고요!"

"아니요, 죽지 않아요. 잘 봐요, 지금도 당신은 멀쩡히 살아 있잖아요?"

"으아아아아아악! 도대체 나에게 왜 이러는 겁니까?!"

"더 나은 내일을 위해서요. 그러니 참아요."

이윽고 그녀는 배 위에 감추어 두었던 보온병과 컵라면을 하나 꺼내어 라면의 포장을 뜯어냈다.

부욱!

그리곤 냅다 컵라면에 물을 부어 매콤하고도 뜨끈뜨끈한 냄새를 풍겨낸다.

모락, 모락—

"후우, 후우… 앗, 뜨거워! 그래도 맛은 있네요"

"……."

다니엘 역시 이곳에 살면서 한국에서 건너온 컵라면의 맛에 반해 있었다.

특히나 추운 겨울에 밖에서 먹는 컵라면의 맛은 그 어떤 산해진미보다 더 맛있고 풍미가 있었다.

그런 다니엘이 지금 이 상황에서 컵라면을 앞에 둔다면 어떻게 될까?

꿀꺽!

"하, 한 입만……."

"내일까지 버티면 이런 컵라면쯤이야 한 트럭도 더 먹을 수 있어요. 요즘 레비로스가 당신에게 돈을 많이 준다면서요? 회사도 하나 받았고요."

"그건 보스의 회사지, 내 회사가 아닙니다. 그리고 컵라면은 지금……."

"일이야 어찌되었던 돈이 많은 것은 사실이잖아요? 그러니 당신이 마음만 먹는다면 이런 컵라면을 만드는 회사를 창립하는 것도 무리는 아니겠죠."

"아니, 그러니까 그건……."

"버텨요. 난 오늘 당신에게 라면을 줄 생각이 없으니까요."

"…사람이 아니군요! 정말 사람이 아니에요!"

"맞아요. 전 사람이 아니라니까요? 그러니까 오늘은 절대로 그곳에서 못 나와요. 명심하세요."

다니엘은 더 이상의 구걸은 의미가 없다는 것을 깨닫는다.

촤락, 촤락!

"빌어먹을! 더럽게 춥군!"

"그래요, 그렇게 움직이기라도 해야 체온이 올라가죠. 움직여요, 어서!"

그는 이곳에서 얼어 죽지 않기 위해 계속해서 수영을 할 수밖에 없었다.

다음 날.

다니엘은 아침부터 게걸스럽게 컵라면을 먹어치우고 있었다.

"후루룩, 후루룩!"

"어때요? 맛이 좀 괜찮아요?"

"…말 걸지 마세요. 당신과는 지금 말을 섞고 싶지도 않으니."

"어머나, 그래요? 그럼 어쩔 수 없네요. 말을 섞고 싶을 때까지 두들겨 패는 수밖에."

"뭐, 뭡니까?! 갑자기……."

부웅!

빠각!

"끄아아아아악!"

"어머나, 이런! 잘못해서 당신의 팔다리를 부러뜨리고 말았군요! 더군다나 라면도 다 엎어졌고요."

"…크아아아악!"

그는 더 이상 못 참겠다는 듯, 부러진 팔과 다리를 이끌고 자리에서 벌떡 일어섰다.

엘레나는 이미 그의 반항을 예상했다는 듯이 여유롭게 그의 공격을 피해냈다.

부웅!

"어허, 그렇게 늦어서 저를 한 대라도 칠 수 있겠어요?!"

"라면… 라면, 라며어어언!"

라면 때문에 한이 맺혀버린 다니엘에게 그녀는 기꺼이 사랑의 매를 선물한다.

"사부에게 대들다니, 정신이 나갔군요. 제가 그 정신, 다시 차릴 수 있도록 해줄게요!"

퍽퍽퍽퍽!

"크헉, 크헉. 크헉!"

한 대 맞을 때마다 뼈가 하나씩 부러지는 그녀의 구타는 강수의 줄빠따와는 격이 다른 고통이었다.

우연히 그 주위를 지나가다 둘의 모습을 본 크룩은 두려움에 몸을 떨었다.

'마스터보다 더한 사람이 나타났군…!'

그는 진저리를 치며 재빨리 그 자리를 떴다.

*　　*　　*

한 달 후, 다니엘은 수척해진 얼굴로 동료들 앞에 섰다.

"……."

"보, 보스?"

"시작하지."

그는 드디어 그녀에게서 마지막 지령을 받았다.

내용은 지금까지 그가 갈고 닦은 악으로 40 대 1의 싸움에서 살아남으라는 것.

심지어 그들은 전부 가검을 가지고 있었고, 그가 가진 것은 작은 나무 단도 하나뿐이었다.

다니엘의 부하들은 그가 갑자기 미쳐 머리가 어떻게 된 것이 아닌가 싶었다.

"아무리 그래도 이건 좀……."

"사정 봐주다간 자네들이 다친다. 그러니 손속 두지 말고 제대로 하자고."

이윽고 다니엘은 그들에게 싸움을 시작하자는 신호를 내렸다.

"시작!"

"에라, 모르겠다!"

이제는 그가 새로운 보스가 되었으니, 부하들은 어쩔 수 없이 가검을 휘둘러 다니엘을 제압할 수밖에 없었다.

하지만 지금의 다니엘은 그들이 생각하는 그런 사람이 아니었다.

붕붕붕―!

"너무 느리군!"

그는 한 달 간의 생존을 견뎌내면서 인간은 가질 수 없는 초인적인 신체능력을 손에 넣게 되었다.

지금 다니엘의 눈에는 저들이 휘두르는 가검이 그저 어린아이가 막대기를 휘두르는 것보다 더 느리게 보였다.

때문에 40 대 1이든 100 대 1로 싸우든 큰 상관이 없을 것 같았다.

그제야 다니엘은 그녀가 어째서 그렇게 말도 안 되는 훈련을 시켜왔는지 알 것만 같았다.

'정말 그녀는 대단한 사람이었어!'

다니엘은 자신에게 달려드는 히트맨들에게 발차기를 날렸다.

퍼엉!

"크헉!"

단 일격에 다섯 명이나 되는 히트맨이 나자빠지자, 그들은 그제야 눈을 휘둥그렇게 뜬다.

"허, 허억! 이게 무슨……."

"정신을 집중해서 타격점을 잡으면 능히 100명과 싸워서 이길 수 있는 법, 지금까지 그것을 깨닫지 못하고 있었어. 하지만 초인적인 수련으로 인해 나는 다시 거듭났다. 조만간 자네들에게도 그것을 전수해 주지."

고개를 갸웃거리는 히트맨들에게 다니엘은 아주 엷은 미소를 짓고 있었다.

*　　*　　*

며칠 후, 연합대전이 열림에 따라 각 부족의 대표 선수들이 선출되어 대진표를 받게 되었다.

다니엘에 속한 팀은 엘레나가 이끄는 중세 전투 팀, 그는 그저 방패 하나만을 덩그러니 들고 선봉에 섰다.

척!

이제는 인원이 많이 늘어난 만큼, 연합대전의 규모도 세 배로 늘어났다.

무려 150명이 넘는 인원들이 맞부딪치게 될 연합대전에서 다니엘은 혈혈단신으로 선봉에 선 것이었다.

강수는 그런 그를 바라보며 고개를 갸웃거렸다.

"어이, 크룩."

"예, 마스터."

"저 팀은 왜 저렇게 다니엘만 덩그러니 선봉으로 뺀 것이지?"

"글쎄요, 자세한 전략은 저로서도 알 도리가 없지요. 하지만 엘레나가 다니엘을 새롭게 거듭나도록 해준 것은 확실합니다."

"거듭나?"

"보시면 아실 겁니다. 아주 새 사람이 되어버렸습니다."

"으음, 그래?"

강수는 예전과 비교하면 눈빛부터 아예 달라진 다니엘을 아주 흥미로운 표정으로 바라보았다.

'매가 약이라더니, 매를 잘 때리는 사람에게 훈련을 받아서 그런지 아주 제대로 약이 올랐군그래.'

엘레나가 그를 전봉에 세운 것은 아마도 지금까지 쌓여 있던 분노와 억압되었던 감정을 표출시키기 위함일 것이다.

강수는 그 억압을 풀어내는 것이 얼마나 중요한지 익히 알고 있었다.

'역시 머리가 아주 잘 돌아가는 여자야.'

그녀의 강단에 감탄사를 연발하던 강수는 이내 경기에 집중하기 시작한다.

쿵쿵쿵!

—경기 시작!

삐익!

심판의 경기 시작 선언에 따라 양쪽 진영은 차근차근 전진하기 시작했다.

척척척!

하지만 다니엘은 몇몇 오크와 함께 적진을 향해 무작정 진격했다.

"돌격!"

"크루우우우욱!"

다니엘도 나름대로 신체 조건이 좋은 편이지만 오크들에 비하면 그저 어린아이 같았다.

그러나 놀랍게도 다니엘은 자신에 비해 족히 1.5배는 더 큰 오크들에게 달려들어 그 진영을 무너뜨리는데 성공했다.

"허업!"

쾅!

"크룩? 이게 도대체 무슨……?"

"악과 깡은 힘을 이기는 법이다!"

이윽고 그는 마치 늑대 무리 안에 놓인 호랑이처럼 오크들과의 치열한 접전을 펼쳐나갔다.

　강수는 그런 그를 바라보며 흡족한 미소를 지었다.

　"그래, 이로서 물건 하나가 또 탄생하게 생겼군."

　강수는 다니엘에게 통합된 제이스틴을 맡겨도 되겠다고 생각했다.

제10장
진실을 향해

겨울이 지나고 이제 다시 봄이 오고 있었다.

쫄쫄쫄—

겨우내 꽁꽁 얼어 있었던 고비 강에도 이제 슬슬 온대 어종들이 모습을 드러내고 있었다.

강수는 벤챠민과 함께 이곳 고비 강 유역 한 귀퉁이에 자리를 잡고 앉아 낚시를 즐기고 있었다.

벤챠민은 얼마 전에 강수가 무너뜨린 루한스 그룹에 대한 얘기를 꺼냈다.

"당신이 성공할 것이라고 확신은 했었지만, 이렇게 빠른 시일 내에 결판이 날 줄은 꿈에도 몰랐습니다. 정말 대단하군요."

"제가 인복이 좀 있습니다. 모든 것이 제 동료들 덕분이지요."

그는 강수에게 루한스 그룹이 가지고 있던 건설회사에 대해 설명한다.

"아실 것이라고 생각은 합니다만, 루한스 건설이 중동으로 진출해 있습니다. 하지만 그곳에 문제가 크다고 하더군요."

"예, 그렇습니다. 구축했던 인프라가 테러 집단에 의해 폭파되었다고 하더군요."

정보력에 관해선 가히 따라갈 자가 없는 벤챠민이기 때문에 역시 그에 대한 이야기 또한 당연하다는 듯이 가지고 있었다.

그는 강수에게 루한스 건설의 비하인드 스토리에 대해 설명했다.

"루한스 그룹은 북동그룹에서 나온 자금으로 건설 회사를 차렸습니다. 그리고 그들의 인맥으로 인해 중동 유전을 차지할 수 있었지요. 원래 현지에 커미션을 주는 조건으로 기름을 퍼내고 있습니다만, 지금은 몇 차례 인프라가 무너지는 바람에 광구 자체가 돌아가지 않는 상황이지요."

"으음……."

"그런데 말입니다. 이 인프리 파괴에는 북동그룹과 루한스 그룹의 이해관계가 첨예하게 얽혀 있습니다."

벤챠민은 인도네시아 중앙은행에서 발행한 한 계좌의 거래 내역서를 그에게 보여주며 말했다.

"이건 인도네시아 자원회사인 페럴라인의 거래 내역입니다. 보시면 아시겠지만, 이들은 중동에서 추출된 기름을 달러로 바꾸어 북동그룹으로 보냈습니다. 그리고 기름을 판매한 수익은 다시 자회사로 들어갔지요."

"그럼 루한스 그룹에서 퍼낸 기름은 북동그룹으로 흘러들어간 셈이군요."

"맞습니다. 그런데 중요한 것은 루한스 그룹에는 커미션이 불과 5%도 채 안 들어갔다는 것이지요."

"불만이 많았겠는데요?"

"그래요, 이 정도라면 그 어떤 사람이라도 불만을 가질 법합니다. 하지만 루한스 그룹의 회장 라이언 맥스웰스는 무려 10년간 회사의 적자 행진을 감수하면서 북동그룹에게 자금을 전달했습니다. 왜냐하면 루한스 그룹은 원래 북동그룹의 자금줄 조달을 위해 생긴 회사니까요."

"으음……."

"그러나 루한스 그룹은 아시다시피 마피아들로 이뤄진 회사입니다. 이들의 성향은 매우 공격적이고 호전적입니다. 그런 그들이 무려 10년이나 수탈 아닌 수탈을 당하면서 참을 수 있었을까요? 대답은 아니라는 겁니다. 루한스 그룹은 중동 진출 10년이 되던 해에 조직 내부에서 유혈 사태를 맞이했습니다. 그때, 라이언 맥스웰스는 쿠데타를 진압하는 대신 오른 팔과 왼팔을 모두 잃었습니다. 또한, 수뇌부의 절반이 총격전에서 사망하는 상황이 벌어졌지요. 그 이후엔 제이스틴의 세력이 점점 약해져서 잘못하면 마피아계에서 밀려날 판이었지요."

벤챠민은 라이언 맥스웰스의 고육지책이 테러 집단의 폭탄 테러와 관계가 있다고 말했다.

"라이언은 그 사태를 겪고 나서야 깨닫게 됩니다. 조직은 상부 조직에 대한 충성도가 100%까지 치솟지 않으면 돌아가지 않는다는 것을 말입니다. 그래서 그는 이때부터 딴 주머니를 차기 시작합니다. 보시면 아시겠지만 페럴라인으로 들어간 자금이 한 달에 5%씩 줄어들어 결국엔 35%나 줄어드는 상황까지 도달합니다."

"라이언도 결국엔 조직을 위해 상부 조직을 타파하기로 한 모양이군요."

"예, 그렇습니다. 그는 이런 시도를 유가 폭락에 끼워 맞춰 서서히 시도하고 있었습니다만, 고스트 헤드는 그렇게 멍청한 사람이 아니었습니다. 그는 중동의 암흑 세력인 하타마에게 폭파를 사주했습니다. 그렇게 빠져나간 돈이 하타마에서 운영하는 물류회사로 들어간 흔적이 남아 있지요."

그는 인도네시아 페럴라인사에서 출자된 자금이 하타마에게 모두 세 번에 걸쳐 들어갔다는 것을 확인시켜주었다.

"자금은 정확하게 세 번 나누어 전달되었습니다. 그때마다 하타마는 루한스 건설에서 만들어놓은 광구를 폭발시켰지요. 언론은 그것을 무장 세력이 자행한 테러라고 하지만, 그것은 억측입니다. 무장 세력은 이것을 개소리라며 부정했으나 그들이 이것을 정식으로 고사할 수 있는 입장도 아니었습니다. 그러니 결국 흐지부지되어 사람들 기억 속에서 잊혀져 갔던 것이지요."

"그런 비하인드 스토리가……."

"한강일보그룹은 그때 언론 활동을 조장했던 기업입니다. 그들은 자신들이 자매결연을 맺은 회사들에게 전부 유언비어를 퍼뜨려 소문을 만들어 냈습니다. 그래서 지금 중동 무장 세력들이 한강일보그룹에서 온 취재 차량만 보면 총구를 들이대는 것이지요."

"그럼 루한스 그룹이 한강일보그룹을 인수하려 했던 것은 단순히 양지로 나아가기 위함이 아니었겠군요?"

"그런 셈입니다. 그들은 한강일보그룹을 인수하여 사실을 바로잡으려 한 겁니다. 그러니까, 한마디로 라이언 회장은 쿠데타를 획책했다가 당신에 의해 축출된 것이지요."

강수는 실소를 흘린다.

"후훗, 그럼 북동그룹에선 내가 반가우면서도 달갑지 않았겠군요."

"물론입니다. 라이언을 해치운 것은 반가운 일입니다만, 회사를 당신이 통째로 들어먹었으니 심기가 불편할 수밖에 없지요."

벤챠민은 강수에게 한강일보그룹을 인수하는 것이 가장 급선무라고 말했다.

"일단은 한강일보그룹은 루한스 그룹을 우선 협상 대상자로 지정했습니다. 법적으로도 계약절차가 모두 끝났지요. 만약 이대로 계약이 이상 없이 진행된다면 당연히 한강일보그룹은 루한스 그룹으로 넘어오게 될 겁니다."

"하지만 그들이 가만히 있지 않겠군요?"

"네, 그렇습니다. 지금도 한강일보그룹의 회장, 이석재를 찾기 위해 한국계 범죄 조직들이 대거 움직이고 있다고 합니다."

"흠……."

"당신은 계약 기간이 되기 전에 이석재를 찾는 세력들을 척결할 필요가 있습니다. 그리고 회사를 통해 이석재 회장의 근거지를 찾아내 그를 보호하십시오."

"알겠습니다. 그렇게 하지요."

강수는 한국에 벌여놓은 사업을 총괄하고 있는 명두를 찾아가기로 한다.

＊　　＊　　＊

서울 동대문에 위치한 15층 건물 네오스 빌딩은 명두가 한국, 일본, 중국 등에서 벌어지고 있는 사업들을 총괄하고 있는 곳이다.

이곳에선 삿포로 시의 신도시 사업을 마무리 짓고 추가로 아파트 단지 조성에 대한 수주를 진행하고 있었다.

또한, 한국에 있는 어장 사업을 청미식품에 완전히 귀속시키고 그들의 명의를 서서히 강수 앞으로 돌리는 중이었다.

이제 청미식품 또한 루한스 그룹에 속해 그들의 계열사가 될 수 있는 기회를 얻은 것이다.

명두는 자신을 찾아온 강수에게 뜻밖의 얘기를 들었다.

"흠… 한강일보그룹을 인수하신다니, 의외군요."

"일이 그렇게 되었다. 지금 이석재 회장을 쫓고 있는 사람들에 대해 수소문할 수 있겠나?"

그는 이석재 회장을 쫓는 세력에 대해 자신이 아는 것을 모두 설명하기 시작했다.

"아마도 그들은 점조직이 아닌 기업형 조직일 가능성이 높습니다. 아시겠지만 요즘 조직들은 전부 기업으로 변화하고 있습니다. 때문에 이런 굵직한 사안은 대부분 기업형 조직들이 점령하고 있지요."

"이를 테면 강산건설 같은 것 말인가?"

"예, 예를 들자면 그렇지요."

"흠……."

"시간을 하루만 주신다면 이 일에 적합한 놈들이 누가 있는지 알아보겠습니다. 그렇게 하면 용의자들을 추려내는데 도움이 될 겁니다. 그 이후엔 제가 알아서 놈들을 처리하겠습니다."

강수는 고개를 가로저었다.

"아니다. 너는 이제 합법적으로 사업을 해야 한다. 이 일에 더욱더 특화된 사람들을 알아. 내가 중국 고비산맥에 데리고 있지."

명두는 강수의 말에 고개를 가로저었다.

"잊으셨습니까? 저야말로 이 세계에선 지지 않는 사람입니다. 그런데……."

"아아, 못 들었나보군. 영국계 마피아들과 미국계 마피아들을 내가 접수했다."

"마, 마피아를 말입니까?!"

"앞으로 그런 일들은 네가 굳이 나서지 않아도 된다. 루한스 그룹에 속해 있던 제이스틴에서 모두 알아서 처리해 줄 것이다. 그들은 한국에 연고는 없지만 지금까지 수많은 암투들을 겪어왔다. 네게 서운하게 들릴지도 모르겠지만, 범죄에 관해선 거의 달인들이라고 할 수 있지."

마피아라는 말에 명두도 강수의 말을 이해했다.

"하긴, 마피아들이라면 제가 기꺼이 한 수 접어야지요. 다른 사람들도 아니고……."

"후후, 이제야 내가 왜 그런 소리를 한 것인지 알겠지?"

"예, 회장님."

이윽고 강수는 그의 어깨를 두드리며 말했다.

"아무튼 쥐도 새도 모르게 진행해 봐. 알겠나?"

"맡겨만 주십시오."

명두의 눈이 오랜만에 반짝거리기 시작했다.

*   *   *

서울 종로에 위치한 흥신소.

명두는 소주 두 병을 들고 이곳을 찾았다.

딸랑―!

이곳은 종로에 근거지를 둔 조직폭력배 만수 파가 운영하는 흥신소로, 주로 조폭계 소문들을 모집해서 그 진위 여부를 가려 주식가에 판매하는 역할을 한다.

요즘은 조폭들이 기업을 차리고 그것을 공격형 M&A에 동원하기 때문에 공격형 인수 합병이 벌어지면 열에 다섯은 조폭들의 소행일 가능성이 높다.

만수 파는 그런 인수 합병을 조장한 조폭들에 대한 정보를 수집하여 주식시장에 판매하며 수익을 올리는 일을 했다.

주식시장 투자자들은 그에 따른 정보를 사서 찌라시를 만들어 주가를 올리거나 내리도록 한다.

그리하여 크고 작은 작전들이 터져 조폭들이 흥하거나 망하는 일이 생기는 것이었다.

한마디로 만수 파는 전쟁의 틈바구니에서 정보나 팔아먹는 소상인이나 마찬가지인 셈이다.

하지만 소상인이라 하기에는 그들이 팔아먹은 이 정보가 유혈 사태로 번진 일이 한두 번이 아니었다.

그러니 그 규모에 비해 영향력이 큰 조직이 바로 만수 파였던 것이다.

만수 파의 두목 정만수는 명두와 안면이 깊은데, 감옥에서 만난 두 사람이 의외로 잘 맞았고, 지금까지 인연을 이어가고 있었다.

그들은 가끔씩 만나 이따금 소주잔을 기울였기에 정만수

는 명두의 방문을 상당히 반겼다.

"한잔하지."

"그래!"

구운 오징어에 고추장이 전부인 술자리였지만 정만수와 명두는 상당히 즐거운 표정이었다.

"세월이 빠르긴 하군. 우리가 감옥에서 의기투합한지가 벌써 언제야?"

"후후, 그때의 우리는 이제 막 성년이 되었을 때이니 꽤나 오래되었지."

"그런가?"

어린 시절이었지만 두 사람은 서로에 대한 사람 됨됨이에 끌려 의기투합하게 된 것이다.

그들은 그때를 추억하며 지금 상황에 타산지석으로 삼으며 살아가고 있다.

명두는 만수에게 한 가지 부탁을 한다.

"저기, 만수야. 내가 부탁이 있다."

"뭔데?"

"사람 좀 알아봐 줘."

"사람을? 너도 이 바닥에선 꽤 유명한 놈이었잖아? 그런데 어째서 나에게 부탁을 하는 건가?"

"사건이 좀 커. 그래서 내가 처리하기엔 무리가 있다. 그리고 나는 이제 불법적인 사업에서 손을 뗐기 때문에 인맥이 거의 남아 있지 않아. 다시 조폭계로 돌아간다면 몰라도 그렇지 않은 한에선 정보를 캐낼 여력이 없어."

그제야 만수는 명두가 왜 이런 부탁을 했는지 이해했다.

"그래, 그렇다면 이해가 가는군."

"고마워."

"그런 그렇고, 도대체 어떤 사람의 정보가 필요한데 그래?"

"이석재 회장을 쫓은 무리에 대한 정보가 필요해."

"이석재라면 한강일보그룹의 회장을 말하는 건가?"

"맞아. 요즘 행적이 자꾸 묘연하다고 신문에 나오는 그 사람 말이야."

"흠……."

만수는 명두의 부탁을 듣자마자 고개를 끄덕인다.

"좋아, 한번 알아보도록 하지."

"고마워!"

"고맙긴, 별것 아니야."

명두는 그에게 돈다발을 하나 건넸다.

"그리고 이건 그냥 내가 모시는 분이 주시는 선물 같은 거야. 우리는 인맥이라고 해서 공짜 일을 받지는 않거든."

그는 돈을 거절하는 사람이 아니다. 의리는 의리고 돈은 돈이라고 생각하는 사람이기 때문이다.

"원래 네 부탁이라면 돈을 받지 않을 생각이었다만, 그 의문의 회장이 주는 것이라면 받아야지. 그게 순리고."

"맞아. 그게 순리지."

"일은 하루 이틀 안에 끝이 날 거야. 그렇게 큰 놈들을 쫓는 조직은 몇 안 되거든."

"고마워."

"하지만 내가 정보를 준 이후엔 신중하게 행동해야 해. 이제 강산 파는 존재하지 않으니까 말이야."

"명심할게."

일 얘기를 끝낸 두 사람은 이제 편안한 얼굴로 남은 술잔을 천천히 비워냈다.

*　　　*　　　*

헝가리의 수도 부다페스트.

이곳의 시가지 외곽에 위치한 작은 선술집으로 한 여자가 들어섰다.

끼익―

선술집은 건물 전체가 목조로 이뤄져 있어 이곳저곳 삭아 빠져 이가 나간 곳이 한둘이 아니었다.

때문에 문을 열거나 걸어 다니는 것만으로도 상당히 위태로운 마찰음이 들려오곤 한다.

여자는 그런 선술집 구석에 앉아 있는 이곳의 주인 슈테판의 곁으로 다가간다.

끼익, 끼익!

거침이 없는 그녀의 발걸음에 문득 정신을 차린 슈테판은 어색한 미소를 지어보였다.

"어이구, 이게 누구야? 우리 아가씨 아닌가?"

그녀는 아가씨라는 말에 한껏 인상을 찌푸린다.

"…이제는 총괄이사가 되었다. 곧 부회장으로 승진할 것이고."

"오오! 총괄이사! 우리 아가씨께서 벌써 그런 나이가 되었나?"

"네가 이 술집에서 그만큼 오래 처박혀 있었다는 뜻이기도 하지."

슈테판은 격세지감을 느낀다는 듯, 회한에 가득 찬 눈으로 그녀를 바라본다.

"그랬던가? 하긴, 회장님께서 나를 이곳으로 보내신 지가 어언 25년이지. 그동안 나는 이곳에서 썩어가고 있었고."

"아직도 정신을 못 차린 건가?"

"…그럴 리가 있나? 그때도 그랬고 지금도 그렇고, 난 언제나 반성에 반성을 거듭하고 있는 사람이라고."

"말이라도 그렇게 하면 목숨은 건질 수 있겠지. 하지만 속
마음은 변하지 않을 것 아닌가?"

그는 세차게 고개를 가로저었다.

"아니, 아니라고! 나는 정말 네 부모를 죽일 생각이 전혀 없
었다고!"

"……."

여자는 자신의 머리를 쥐어뜯는 스테판에게 다가가 말했
다.

"그거야 네 생각이고. 만약 네가 말한 대로 내 아버지가 사
고로 죽었다면 그 또한 네 탓이다. 회장님께선 그런 점을 정
상참작해서 너를 지금까지 살려 두신 것이고."

"…감사하다고 전해줘. 아가씨."

아가씨라 불리는 사람은 다름 아닌 양희진, 스테판은 그의
아버지 양휘철의 절친한 친구이자 동료였다.

양휘철은 어려서부터 양만철의 해결사로서 일했는데, 지
금의 북동그룹이 있기까지는 양휘철의 공이 상당히 컸다고
볼 수 있다.

때문에 양만철이 양희진을 친딸처럼 여기는 것이기도 하
다.

스테판은 25년 전에 일어났던 일에 대해서 소명한다.

"난… 난, 정말로 그런 말도 안 되는 일이 일어났는지 알지도 못했어. 설마하니 일본 놈들이 그렇게까지 설칠 줄 내, 알았겠나?"

"…아직도 그 야쿠자 타령이군. 네가 말했던 그 야쿠자들은 존재하지도 않는다."

"저, 정말이야! 휘철은 야쿠자들에게 죽은 거야! 나 역시 그때 놈들의 총에 맞았다고!"

"여전히 정신을 못 차린 모양이군……."

양희진은 이내 다시 술집을 나섰다.

"됐다. 네게 뭘 기대한 내가 바보지."

"자, 잠깐! 잠깐만 기다려!"

자리에서 벌떡 일어선 양희진이 밖으로 나가려 하자, 그는 그녀에게 작은 쪽지를 하나 건넸다.

"내 나이, 이제 환갑을 바라보고 있어. 만약 예전과 같았으면 늙어 죽었을 나이지."

"무슨 구한말에서 왔나? 말도 안 되는 소리를 하는군."

"…농담 아니다. 나는 이제 더 이상 이 세상에 대한 미련이 없어. 그러니, 너에게 목숨을 걸고 한마디 해야겠다."

"죽고 싶다면 차라리 자살을 해라. 괜히 내 심기를 건드렸다간 곱게 못 죽어."

그는 양희진에게 쪽지를 한 장 건넸다.

"받아. 내 목숨을 걸고 지킨 것이다."

"이게 뭐야?"

"찾아가보면 모든 의문이 풀릴 것이다. 네가 왜 고아가 되었는지, 또한 내가 왜 이렇게 미치광이 주정뱅이가 되어 살고 있는지 말이야."

양희진은 그가 건네준 쪽지를 받았는데, 그 안에는 셜리반이라는 이름을 가진 여자의 주소가 적혀 있었다.

순간, 양희진은 그 자리에 망부석처럼 굳어버리고 말았다.

셜리반은 그녀의 어머니 김충희가 헝가리 유학시절에 사용했던 이름이기 때문이다.

"…정말로 죽고 싶은 건가?!"

"지금 네가 나를 죽인다고 해도 달라질 것은 없어. 네 어머니는 살아 있으니까."

"……."

이내 그는 다시 술자리로 돌아간다.

"아마도 네가 어머니를 만나게 된다면 나의 목숨은 이 세상에 없는 것이 될 것이다. 네가 어머니를 만나면 가만히 있지 않을 테니까."

"무슨 소리인가?"

"자세한 얘기는 네 모친에게 들어라. 난 더 이상 할 말이 없어."

"······."

이윽고 입을 닫아버린 스테판, 양희진은 거침없는 걸음으로 술집을 나섰다.

*　　*　　*

헝가리 서부에 위치한 발라톤호, 이곳은 헝가리의 보물로 불릴 만큼 수려한 경관을 자랑한다.

이런 발라톤호 유역의 한 주택가로 양희진의 자동차가 들어선다.

부우우우웅―!

그녀는 자동차 소리마저 적막을 크게 때릴 정도로 조용한 마을 어귀에 차를 세웠다.

그리곤 스테판이 주었던 쪽지를 들고 그에 적힌 주소를 향해 발걸음을 옮겼다.

뽀드득, 뽀드득―

아직도 눈이 제대로 녹지 않은 방죽으로 다가선 그녀는 호숫가에 뒷마당을 둔 작은 주택을 찾아냈다.

"이곳인가…?"

딱딱하게 굳어버린 그녀의 표정, 그녀의 이런 표정이 모든 것을 대변해 주듯이 양희진은 지금 상당히 긴장한 상태였다.

만약 누군가 지금 그녀를 건드린다면 칼부림이 날 수도 있을 정도였다.

꿀꺽!

그녀는 마른 침을 몇 번이나 삼키고 나서야 주택의 문을 두드렸다.

똑똑!

그러자, 안에선 맑고 고운 중년 여성의 목소리가 들려온다.

"네, 누구세요?"

"저, 저기……."

사내대장부들도 울고 갈 그녀의 걸걸한 성격이 한 순간에 눈처럼 녹아내리는 순간이었다.

끼익―

문을 열고 나온 여성은 그녀가 꿈에도 그리던 어머니, 김충희가 틀림없었다.

순간, 양희진은 입술을 짓깨물며 물었다.

"호, 혹시 김충희 씨……."

"네, 그런데요?"

"그렇다면 양희진이라는 아이에 대해서 아십니까?"

그러자, 김충희는 재빨리 주머니에서 안경을 꺼내어 자신의 얼굴에 가져다댔다.

"어, 어어……?"

"오랜만이죠?"

그녀의 짧은 한 마디에 김충희는 가지고 있던 안경을 땅바닥에 떨어뜨리고 말았다.

쨍그랑!

그리곤 떨리는 손으로 양희진의 두 손을 붙잡는다.

"희, 희진이, 희진이 맞지!"

"네, 맞아요. 내가 바로 당신의 딸, 희진입니다."

"흑흑, 희진아!"

김충희는 그 즉시 바닥에 무너져 내렸고, 양희진은 그런 그녀를 부축했다.

"바닥이 차요. 어서 일어나세요."

"흑흑, 고맙구나!"

양희진은 김충희를 부축하여 집 안으로 들어갔는데, 희진은 그곳에서 아주 익숙한 사진들과 마주했다.

그녀의 집을 가득 채운 사진들은 전부 양희진과 그녀의 아버지, 양휘철의 사진들이었다.

김충희는 자신의 집 벽면을 모두 딸과 남편의 사진으로 도배해 놓고 이곳에서 서서히 늙어가고 있었던 모양이다.

묻고 싶은 말이 많은 양희진이었지만 여전히 진정하지 못하는 김충희 때문에 그럴 수가 없었다.

"내, 내 아가! 희진이, 희진이가……!"

"그래요, 내가 왔어요. 그러니 좀 진정하세요."

"희진이가 왔어, 희진이가……!"

그녀는 딸의 손을 꽉 붙잡곤 절대 놓지 않겠다는 일념으로 버티는 중이었다.

하지만 그런 희진의 몸을 자동적으로 일으키는 풍경이 벌어진다.

끼릭, 끼릭―

"여보, 누가 왔어?"

"……."

그녀의 눈이 향하는 곳엔 하반신이 잘려나간 한 중년인이 서 있었다.

그리고 그 중년인의 얼굴에는 양희진과 비슷한 눈, 코, 입이 자리하고 있었다.

"아, 아버지?!"

"허, 허억! 희, 희진이?!"

두 다리가 아예 깔끔하게 잘려나간 그는 오른쪽 눈과 귀 또한 정상적인 상태가 아닌 것 같았다.

한마디로 그는 지금 더 이상 사람으로서 제구실할 수 없는 상황인 것이었다.

"두 사람이 왜 이곳에……."

"그, 그건……."

"말해 봐요! 왜 두 사람이 이곳에 함께 있어요!"

희진의 말에 양휘철은 상당히 무거운 표정을 지으며 그녀를 방 안으로 안내했다.

"이쪽으로 오거라. 내가 모든 것을 얘기해 주마."

"……."

그녀는 자신의 손을 꼭 잡은 김충희를 이끌고 집안 거실로 향했다.

『현대 소환술사』 8권에 계속…

외전
까마득한 시절의 이야기

　루야나드 대륙에는 부족의 구성원 전체가 모두 여성으로 이뤄진 엘프들이 있다. 그녀들은 신의 축복으로 인해 피부와 머리카락이 모두 순백색인 상태로 태어나며, 그 외모는 가히 여신에 견줄 정도로 뛰어나다.

　하지만 부족에 남자가 아예 없다는 것은 이들이 대륙에서 최약체의 부족이라는 소리나 다름없다. 하여, 이들은 무려 500년 동안이나 다른 민족들의 수탈을 당하면서 살아갔다.

　처음에 그녀들은 신의 은총을 받았다고 하여 '하이엘프'라고 불렸지만, 점차적으로 수탈을 당하면서 백색성노라는 굴욕적인 이름으로 불리게 되었다.

인간들은 이들을 성 노리개로 사용했고, 다른 종족들은 그녀들을 몸종으로 부려먹었다.

그런 상황에서 그녀들의 피는 점점 옅어져서 결국 대륙에 남은 순혈의 하이엘프는 불과 2천 명밖에 되지 않았다. 부족의 명맥이 사라져갈 즈음, 하이엘프에게 한 명의 영웅이 등장했다.

그녀의 이름은 대륙의 방패로 불리는 제55대 족장, 엘레노어. 엘레노어는 자신들은 물론이고 인간들이 모시는 주신교에 속한 성기사들에게서 신성력을 운용하는 법을 배워 부족으로 돌아왔다.

하이엘프들은 신에게서 은총을 받았기 때문에 정령력이나 마력 대신 신성력이 흘러넘치는 종족이었다. 그녀들은 그 어떤 종족의 남자와 교접을 해도 여자밖에 태어나지 않으며, 그녀들과 교접한 남자들은 반드시 얼마 살지 못하고 병을 얻어 죽었다.

그 현상에 대해 성기사들은 신성력에 대한 부작용이라고 설명했다. 하이엘프들의 몸에 흘러넘치는 과도한 양의 신성력은 일반적인 남성들의 양기가 독으로 변하게 만들어 교접을 가진 후엔 신성력 부작용으로 사망하게 되는 것이다.

한마디로 그녀들의 몸엔 사람을 병들게 하여 죽일 수 있을 정도로 엄청난 신성력이 잠들어 있었기 때문에 부족이 지금까지 쇠퇴해왔던 것이었다. 엘레노어는 그 엄청난 신성력을 바탕으로 신성검술을 완성시켰고, 그것을 부족에 전파했다.

그때부터 젊은 하이엘프들은 자신들의 부족을 모두 성기 사단으로서 훈련시키고, 대륙 최고의 전사들로 거듭났다.

그 후 하이엘프들은 자신들을 수탈했던 민족들을 차례대로 찾아다니며 똑같은 방법으로 복수하기 시작했다.

때는 아르파인 신력 1156년, 즉 루야나드 대륙의 모든 국가들이 만장일치하에 달력을 조정하기 전의 일이다.

하이엘프들은 가장 첫 번째 타깃으로 인간들의 왕국을 침략했다. 그녀들이 가진 전력으로 따지자면, 일개 왕국군이 가진 전력의 세 배에 달했기 때문에 비슷한 국력을 가진 국가들은 속수무책으로 당할 수밖에 없었다. 하여, 그들은 하이엘프들이 다니는 길목마다 피를 흩뿌리며 처참하게 죽어갔다.

그런 피의 행보를 거듭하여 하이엘프들은 자신들의 세력을 다시 1만까지 회복하기에 이르렀지만, 이미 노예로 팔려갔던 엘프 중에서 살아남은 자들은 대부분 병들었거나 늙은 자뿐이었다.

한 번 교접하면 남자가 중독으로 인해 죽어버리는데, 이 여자들을 온전히 살려 둘 남자들은 그리 많지가 않았던 것이다.

해서, 관상용으로 집에 묶어두거나 성기가 아닌 다른 곳으로 이상성교를 하는 대용품으로 전락해 버렸는데, 그로 인해 목숨은 부지했지만 그 이후의 삶은 그리 평탄하지가 않았다.

그런 이유로 하이엘프들은 다시 급감하여 2천여 명의 세력을 구축하는 것으로 그칠 수밖에 없었다.

하지만 여전히 그녀들은 대륙에서 가장 강력한 세력 중 하나였으며, 도저히 상대할 적이 없는 천하무적의 군대였다.

한편, 그런 그녀들과 비슷한 운명을 지녔으나 수탈보다는 강탈의 역사를 가진 종족들도 있었다.

그녀들은 바로 다크엘프, 대륙에서 그녀들의 존재는 사신이나 죽음의 군대로 널리 알려져 있다. 다크엘프들은 사령술과 암살로 자신의 앞길을 막는 자들을 전부 도륙 내는 잔악한 무리였기 때문에 감히 막아서는 자가 없었다.

하지만 그녀들에게도 심각한 문제가 하나 있었으니, 그것은 바로 자손 생산이 어렵다는 것이다. 다크엘프 역시 하이엘프와 마찬가지로 마이너스의 에너지로 인해 교접하는 남자마다 중독으로 세상을 떠나버리는 저주에 걸려 있었다.

또한, 아이를 낳으면 무조건 여자아이만 낳기 때문에 그 숫자가 늘어날 턱이 없었다. 그러나 그녀들은 인간의 군대 5만과 싸워 이길 수 있을 정도로 엄청난 전력을 가지고 있었기 때문에 누구 하나 그녀들을 침략할 생각을 하지 못했다.

아니, 오히려 그녀들이 상대방을 약탈하며 지금까지 생계를 이어온 것이었다.

하지만 이 두 부족에게 지금까지의 시련은 정말 별것도 아니라고 말할 정도의 위기가 닥쳐왔다.

아르파인 신력 1516년, 에이션트 드래곤 아힌리히트가 하이엘프의 부락을 습격한 것이다.

—크아아아앙!

"크윽, 단장님! 이대로라면 마을이 아예 독 지대로 변하겠습니다!"

"도대체 저 드래곤이 왜 우리 마을을 습격한 것이지?!"

"그건 저도 잘······."

하이엘프 족장 엘레노어는 너무나도 뜬금없이 자신들의 터전을 습격한 아힌리히트를 도저히 이해할 수가 없었다.

아무리 신의 축복을 받고 신성력으로 무장한 신성기사단이라 해만 에이션트 드래곤인 아힌리히트를 막아내기엔 역부족이었기에 그저 발만 동동 구를 뿐이었다. 마을이 전부 다 불에 타 없어갈 때 쯤, 아힌리히트는 불현듯 공격을 멈추었다.

—크르르르릉!

검은색 눈동자에선 여전히 시커먼 연기가 피어오르고 있었고, 그 입에서는 초록색 애시드 브레스가 서서히 뿜어져 나오고 있었다.

하이엘프들은 최강의 생명체로 알려진 드래곤 앞에 방패

를 드리운 채 물었다.

"이보시오, 드래곤! 도대체 왜 우리 부족을 습격한 것이오?! 이유도 모른 채 멸족한다면, 그 얼마나 억울한 일이겠소!"

—약자가 강자에게 굴복하는 것은 당연한 얘기다. 너희들 역시 설움의 500년을 살아오면서 익히 겪었던 일 아닌가?

"…우리를 다시 노예로 전락시키기 위해서 온 것이라면 잘못 찾아오셨소! 우리는 노예가 될 바엔 결사항전을 치르다 죽겠소!"

—죽는다라… 그런 무서운 소리를 하다니, 역시 네년의 앙칼진 소문은 모두 사실이었구나.

"못 죽을 것 같소이까?! 우리가 지금까지 버텨온 세월이 얼마인데?!"

—후후, 그렇군. 좋아, 그렇다면 협상을 한번 해보자고.

"협상?"

아힌리히트는 이내 인간의 형상으로 폴리모프하여 그들의 앞에 섰다.

위이이이잉, 퐛!

검은색 머리에 적당한 키를 가진 사내로 폴리모프한 아힌리히트는 그녀에게 자신의 문양이 새겨진 목걸이를 건넸다.

"이것을 차게 되면 나의 권속이 되어 평생을 내 정원에서 살아가야 할 것이다. 하지만 지금 이 땅에서 살아가는 것보다는 나은 생활을 할 수 있겠지."

"하지만 그것은 우리 스스로가 노예가 되는 것 아니오? 그건 지금보다 나은 생활이라고 할 수 없소이다!"

그는 고개를 가로저었다.

"어허, 참! 사람 말을 끝까지 들어봐야지. 드래곤은 본론을 꺼내는데 조금 오래 걸린다고."

"…말해 보시오."

"나는 너희가 내 권속이 되는 순간, 너희가 최강의 생명체를 잉태할 수 있도록 해주겠다."

"……?"

"아아, 무슨 소리인지 감이 잡히지 않는 모양이군. 그러니까, 나는 너희들에게 교접해도 죽지 않고 사내아이를 잉태할 수 있는 남자를 선물하겠다는 말을 하고 있는 것이다."

"……!"

순간, 2천 명의 하이엘프들이 그대로 굳어버렸다.

"그, 그게 어떻게 가능하단 말이오?! 신성력을 받아내기엔 역부족이라 성기사들도 꺼리는 판국에……."

"후후, 그거야 놈들이 약골이니 그런 것이지. 나는 너희들의 신성력과도 아주 딱 부합되는 인물을 찾아낼 것이다. 그는 마력은 물론이고 정령력까지 소유하게 될 것이다."

"그게 누구요? 도대체 누가……."

아힌리히트는 그녀들에게 조금 허황된 이름을 늘어놓았다.

"엘프족 장로의 아들 엘라손과 인간족 칼리어스 왕국의 딸 세실리아가 결혼하게 된다. 그리고 그로 인해 최강의 사내가 탄생하게 되지."

"그건 말도 안 되는 소리요. 그 두 사람이 어떻게 서로 교접한단 말이오? 인간과 엘프는 사는 기간부터가 다른데."

"교접을 해서 잉태만 되면 되는 것 아닌가? 그렇지 않나? 아이는 세실리아가 죽어도 여전히 살아가게 될 테니 말이야."

"흐음……."

"그들은 벌써 정략을 맺고 결혼할 준비를 서두르고 있다. 아마 세실리아가 성인이 되는 해엔 반드시 혼약을 맺을 것이다. 그렇게 되면 그 두 사람이 어떻게 되든 아이를 낳게 된다는 소리다."

"하지만 그 귀한 아들을 과연 우리에게 넘기겠소?"

"후후, 그것은 걱정할 필요 없다. 나머지는 내가 알아서 할 테니."

하이엘프들은 아힌리히트의 꼬드김에 흔쾌히 넘어갔다.

"좋소, 그럼 당신의 권속이 되리다."

"하하! 잘 생각한 것이다. 앞으로 너희들은 대대손손 부귀 영화를 누리게 될 것이다."

아힌리히트는 그녀들의 목걸이에 용언을 불어넣었고, 결

국 그녀들은 아힌리히트의 권속이 되었다.

*   *   *

100년 후, 아힌리히트는 정말로 엘라손과 세실리아의 사이에서 태어난 사내아이를 빼앗아 둥지로 돌아왔다.

"······."

"눈동자의 색이 다르군. 녀석, 오드아이라는 것이 어떤 것을 의미하고 있는가에 대해 아는지 모르겠군."

아힌리히트는 파란색과 빨간색, 마력과 정령력이 서로 얽혀 있는 아주 특이한 레비로스를 바라보며 읊조린 것이다.

하지만 아직까지 유아기에 머물고 있는 레비로스가 그에 대한 답을 줄 리가 없었다. 이윽고 그는 자신과 계약했던 하이엘프의 부족장인 엘레노어를 소환했다.

"소환!"

팟!

잠시 후, 그의 앞에 떨떠름한 표정의 엘레노아가 모습을 드러냈다.

"사람을 이렇게 말도 없이 소환하다니, 상당히 불쾌하군."

"하지만 어쩌겠나? 너는 이미 나의 권속인 것을."

아힌리히트는 조금 투덜거리는 그녀에게 자신이 벌여놓은

짓에 대해 설명한다.

"아무튼 네 기분이 조금은 나아질 소식을 준비했다. 뭐, 어쩌면 100년 만에 들어보는 첫 희소식일지도 모르겠군."

"희소식이라? 그게 뭐요?"

"내가 네 부족에게 했던 약속, 드디어 지킬 수 있게 되었다."

순간, 엘레노어의 눈동자가 번쩍 뜨인다.

"그, 그렇다는 것은……?!"

"그래, 너희에게 줄 최강의 생명체를 찾아냈다는 소리지."

아힌리히트는 오드아이인 레비로스를 그녀에게 보여주며 말했다.

"자, 보이나? 오드아이다. 이 녀석은 대륙 최초로 마법과 정령력을 함께 지닌 아이란 말이지."

"드, 드디어! 드디어 소원을 이룰 수 있겠군!"

"하지만 문제가 하나 있다."

"문제?"

"아직까지 녀석이 여물지 못해서 장성할 때까지 기다려야 할 것 같아. 그렇지 않으면 또 같은 일이 반복될 테니까."

"아아, 그건 걱정할 필요 없다. 그 정도 기다림을 참지 못할까 봐 그러는 것이오?"

"하하, 하하! 그렇게 높은 자존감을 지닌 네가 이렇게까지 호들갑을 떠는 것을 보면, 씨가 귀하긴 귀한 모양이군."

"부족을 언명히는 일이외다. 호들갑을 떨어도 이상할 것이 전혀 없지."

"그래, 자손을 퍼뜨리는 일 또한 욕구이자 욕망이다. 그것에 충실한 것도 나쁘지는 않아."

그는 앞으로의 행보에 대해 설명했다.

"내가 이놈을 최강의 생명체로 훈련시키겠다. 너희들 역시 이에 걸맞은 아이를 양성시켜라. 연배도 얼추 맞으면 좋고."

"좋아, 마침 그런 아이가 있으니 걱정할 필욘 없소."

"그렇다면 다행이군."

엘레노어는 자신이 낙점한 아이를 레비로스의 정혼녀로 키우기로 했다.

"우리 부족에서 보낼 아이는 나의 손녀요. 내가 이제 죽을 때가 되어 후계자로 지목했지."

"후후, 그렇다면 아주 악착같이 훈련을 시키겠군."

"대륙의 방패가 될 아이가 아니오?"

"좋아, 좋아! 그럼 50년 후에 보자고. 알겠나?"

"좋소."

이로서 두 사람은 최종적으로 거래를 마치게 된 것이었다.

* * *

하이엘프들이 아힌리히트의 둥지로 잡혀왔을 때쯤 다크엘프들 역시 같은 방법으로 수용되었다.

하나, 그녀들은 정략혼에 대한 언질이 전혀 없었다.

아힌리히트는 애초에 자신의 심장 일부를 레비로스에게 줄 생각이었기 때문에 암흑의 기운은 필요가 없었던 것이다.

하지만 최강의 생명체를 길러낸다는 목적의식하에 그녀들 또한 이곳에 스스로 걸어 들어오게 되었다.

레비로스가 아힌리히트의 둥지에 들어온 지 20년쯤 지났을 무렵의 그는 막 청소년기에 접어들었다.

인간이 대략 100년의 인생을 산다면, 엘프는 500년가량을 살아간다. 물론 여기서 조금 더 사는 엘프들은 최대 700년까지도 살아가며 레비로스처럼 최강의 생명체로서 거듭난다면 족히 1,500년은 살 것이다.

즉 엘프들의 평균수명은 종잡기가 상당히 힘들다는 것이다. 게다가 성년이 되는 50살이 넘으면 평생 그때의 모습으로 살아가기 때문에 딱히 중년과 노년을 정하기가 힘들다.

하지만 그런 그들에게도 단점이 하나 있다면, 아이들이 커가는데 걸리는 시간이 상당히 길다는 점이었다.

인간들 같았으면 벌써 아이도 낳고 가정도 이루었을 20년 동안 레비로스는 이제 겨우 청소년기에 접어든 것이었다.

인간에 비해 긴 유아기를 보낸 그이지만 그 시간 동안 레비로스는 아힌리히트에게 소환술을 배웠고, 그 소중한 경험을 차곡차곡 쌓아가고 있었다.

촤락!

"죽어라!"

그는 오늘 점심으로 먹을 아울베어를 사냥했는데, 그 검술에 거침이 없었다. 아울베어는 곰과 비슷하게 생겼지만 일반적인 곰에 비해 덩치가 족히 두 배는 큰 몬스터인데, 레비로스는 그것을 단 10분 만에 사냥할 수 있었다.

레비로스는 마력을 몸에 지니고 있으면서도 자연의 영기인 정력력을 머금었기 때문에 소환술에 최적화된 육체를 가지고 있었다. 때문에 그는 남들보다 족히 다섯 배는 빠른 성취를 보이고 있었다.

하지만 그가 아힌리히트에게 소환술을 바웠다 해도 아힌리히트는 그에게 잘못된 점을 지적해 주거나 인도해 주지 않았기 때문에 자신이 어떤 성취에 올랐는지 가늠을 할 수가 없었다.

"젠장, 언제까지 이렇게 더럽고 약한 아울베어나 사냥해야 하는 거야?"

아힌리히트는 그에게 최강의 생명체가 되는 날엔 자유를 주겠노라 선언했다. 그래서 그는 쉽게 과일을 따서 배를 채우는 대신, 이렇게 위험한 사냥에 직접 나섰던 것이다.

그런 그를 아주 흡족하게 지켜보고 있는 무리가 있었으니,

그녀들은 바로 다크엘프 집단이었다.

"어이, 꼬맹이. 이제 거의 다 커서 아버지가 되어도 무리가 없는 나이가 되었군?"

"…다크엘프!"

"후후, 이 네르샤 님의 기둥서방이 되는 것을 허락하마. 그러니 나와 함께 가자."

"싫어! 이 할망구야!"

"…뭐라?"

"아힌리히트가 말하길, 나는 아직 생식능력이 없다고 했다! 그러니 데리고 가 봐야 쓸모도 없어!"

"하하! 맹랑한 녀석이군! 좋아, 생식능력이 없다면 키워서 사용하면 되겠군. 안 그래?"

"뭐, 뭐라고?"

"잡아라!"

"호호호, 예, 족장님!"

"제기랄!"

레비로스는 무려 5년째 자신을 따라다니는 다크엘프들 때문에 곤욕을 치르고 있었다. 그녀들은 레비로스를 생식수단으로 사용하기 위해 호시탐탐 기회를 노리고 있었던 것이다.

하지만 그런 그녀들에게 가만히 당하고만 있을 레비로스가 아니었다.

"저리 꺼져!"

그는 그녀들에게 검을 휘두르는 동시에 다른 한 쪽 손으로 소환술을 전개했다.

"아이스맘바!"

—쉬이이이이익!

"어쭈, 벌써 이 정도의 소환술까지 사용할 수 있는 건가?"

"어머나, 난 놈이군! 저런 놈이라면 우리의 부족에 큰 도움이 되겠어!"

"…징그러운 녀석들!"

레비로스는 아이스맘바로 그녀들의 시선을 잡아놓곤, 이내 줄행랑을 치기 시작한다.

"살려줘!"

"잡아라!"

"호호호호호!"

무려 200명이 넘는 다크엘프들이 그를 잡기 위해 혈안이 되었고, 레비로스는 목숨을 걸고 도망쳤다.

"허, 허억! 저렇게나 많은……!"

"이리 오너라!"

레비로스가 그녀들에게 거의 잡혔을 때, 그녀들의 머리 위로 백색 낙뢰가 떨어져 내렸다.

콰앙!

"크윽!"

"이런 거무튀튀한 종족들 같으니! 감히 우리 종족의 데릴 사위를 건드려?"

"뭐? 무슨 사위?"

"데릴사위 말이다! 아힌리히트는 레비로스를 우리에게 넘기기로 했다! 그러니 건드릴 생각일랑 하지도 마라!"

"…개소리!"

"개소리인지 아닌지는 전투를 통해 가리면 될 일이다!"

하이엘프들은 다크엘프들이 레비로스를 추격하는 것을 끈질기게 추적하여 그 꼬리를 잡았다.

하여, 레비로스는 덕분에 한숨 돌릴 수 있게 되었다.

"휴우, 살았네!"

안도의 한숨을 내쉬는 레비로스, 그런 그에게 한 소녀가 다가왔다.

"누구냐?!"

"인사할게요. 전 당신의 정혼녀, 엘레나예요."

"엘레나? 하지만 난 그런 이름을 처음 들어보는데?"

"아힌리히트 님이 정해 주셨어요. 앞으로 우리는 성년이 되는 즉시 결혼을 할 사이입니다."

순간, 레비로스는 고개를 갸웃거렸다.

"그게 무슨 개코같은 소리야?"

"개, 개코같다니……."

"아무튼 난 모르는 일이야. 그럼 난 이만……."

팟!

"레, 레비로스!"

혼란을 틈타 사라진 레비로스, 엘레나는 처음 본 그의 모습에 이미 넋을 놓아버린 이후였다.

"아아, 레비로스! 늠름한 사람이군요!"

그의 생각이 어떻든 간에 그녀는 태어나자마자 레비로스의 정혼자로 키워졌고, 이미 그에 대한 환상이 머리에 자리잡은 상태였다.

그녀는 이제부터 영원히 그의 그림자가 되겠노라 다짐했다.

*　　　*　　　*

100년 후, 레비로스는 드디어 최강의 생명체가 되었다.

아힌리히트는 그에게 자유의 몸을 주며 소원 하나를 들어주기로 했다.

"좋아, 좋아! 드디어 내 손으로 최강의 생명체를 만들어냈다! 소원이 있다면 들어주마! 말해라!"

"으음……."

"말해라! 가감 없이 말해라!"

레비로스는 그의 검은 눈동자를 바라보다 이내 가감 없이 자신의 생각을 내뱉었다.

"나를 자유롭게 해줘."

"자유? 그것이라면 이미 들어주었다."

"아니, 앞으로 내 인생을 내가 결정할 수 있도록 해달라고."

"앞으로의 인생을?"

"그래, 앞으로의 인생 말이야. 당신 같이 시커먼 도마뱀 밑에서 죽을 고비를 몇 번이고 넘긴 것으로 모자라 정략까지 맺어놓다니, 너무한 것 아니야?"

"……!"

순간, 아힌리히트는 속으로 헛물을 마셨다.

'비, 빌어먹을! 외통수로구나!'

설마하니 레비로스가 자신이 정한 정략에서 벗어나고 싶어 할 것이라곤 전혀 상상조차 하지 못했던 아힌리히트다.

그 이유인즉슨, 엘레나는 단언컨대, 대륙에서 가장 아름다운 여자 중 하나라고 장담했던 아힌리히트였다.

여자에 대해선 문외한인 레비로스가 그녀에게 끌리는 것은 당연지사라고 생각했던 아힌리히트는 얼떨떨할 수밖에 없었다.

"여자에 대해서는 잘 모른다고 하지 않았나?"

"물론이지."

"그런데 지렇게 아름다운 여자를 그냥 버리겠다고?"

"그래. 난 여자를 잘 모르니까 아깝다는 생각도 안 들어. 난 여자가 아이를 낳는 것 외엔 특별하다고 생각하지 않으니까."

"이, 이런……!"

지금까지 레비로스는 무려 150년 동안이나 여자 없는 인생을 살아왔다. 그러면서 그는 여자에 대한 호기심을 아예 저버리게 되었고, 결국엔 아예 관심조차 꺼버리게 된 것이었다.

아힌리히트는 어쩔 수 없이 자신의 약속을 번복할 수밖에 없었다.

"…아직 최강의 생명체가 되려면 멀었군."

"뭐…?"

"이 나를 뛰어넘지 못하지 않았나?"

"그런 개코같은 소리가 어디에 있나! 애초에 그럴 것 같으면 아예 드래곤이 되라고 하지 그랬어!"

"뭐, 그것도 괜찮은 방법이군."

레비로스는 너무 어처구니가 없던 나머지 실소를 흘린다.

"하하, 하하하! 이 노인네가 노망이 났나 갑자기 왜 그래? 심장이 터져 죽고 싶은 건가? 너는 용언으로 약속했다. 그런데 그것을 깨겠다고?"

"그, 그건……."

아직 아힌리히트는 400년 정도 시간이 남아 있었지만, 그렇다고 심장이 없이 살아갈 수 있는 것은 아니었다.

'젠장… 이렇게 되면 계획이 틀어지고 마는데!'

그는 어떻게 해서든 완전무결한 생명체를 만들어내야 한다는 압박감이 시달리고 있었다.

해서 레비로스와 엘레나를 혼인시켜 더 나은 생명체를 잉태할 생각이었던 것이다. 하지만 설마하니 레비로스가 여자를, 그것도 미녀를 마다할 줄은 꿈에도 몰랐던 아힌리히트였다.

'어쩐다……'

가만히 머리를 굴려보던 아힌리히트가 묘안을 짜낸다.

"잠깐! 아직 네가 최강의 생명체가 된 것은 아니다."

"…뭐라고?"

"이 레어에는 정령계에서 현신한 정령왕들이 있다. 그들을 이기자면 아직 수련이 더 필요할 것이다. 그렇지 않나?"

"그건……"

정령이 이 세계에 현신하는 것은 가능하지만 그들을 없애는 것은 인간의 힘으론 불가능하다. 그의 정령력이 정령왕보다 크거나 엇비슷하지 않고선 물질계의 일부분이면서도 영적인 존재인 그들을 상대할 수가 없었던 것이다.

만약 레비로스가 그들을 이기고자 한다면 당연히 지금의 정령력을 몇십 배는 끌어올려야 할 것이다.

"너는 마법만 익혀온 엘프다. 당연히 정령력이 없다고 생각했겠지. 그러나 그건 네 착각에 불과하다. 단지 그 사용법을 잊어버렸을 뿐, 그것을 일깨우면 충분히 사용이 가능하지."

"……."

"수련해라. 정령왕을 꺾으면 혼인을 물려주마."

"이런 빌어먹을! 정말 네가 그러고도 드래곤이냐!"

"후후, 억울하면 네가 드래곤을 이기면 될 것이다."

레비로스는 화가 머리끝까지 난 상태로 그의 레어를 나섰다.

쾅!

"빌어먹을! 수련한다! 수련하면 될 것 아닌가!"

이윽고 그는 정말로 수련을 위해 길을 떠났고, 아힌리히트는 속으로 가슴을 쓸어내린다.

'…한고비 넘겼군.'

레비로스와의 약속을 깬 것은 자존심이 상하는 일이지만 이렇게 해서라도 드래곤 하트를 지켜야 하는 그이다.

'괜히 미안하군.'

아힌리히트는 오늘도 속이 또 한 번 무너져 내렸다.

*　　*　　*

아힌리히트가 죽어 없어진 후, 레비로스는 이제 정말로 그에게서 자유로워졌다. 하지만 여전히 그의 곁에는 떨어내지 못한 옛 약혼녀가 붙어 있었다.

"레비로스, 오늘은 영화 안 봐요?"

"…내가 무슨 백수인 줄 아나? 매일 놀러만 다니게?"

"하지만 오늘은 모처럼 주말인데……."

"시간 없어. 그러니 다음에 봐."

"네……."

그가 유독 엘레나에게 선을 긋는 이유는 자신의 어머니와 삼촌이 아힌리히트 때문에 죽었다고 생각하기 때문이다. 그러다 보니 그는 아힌리히트를 증오했는데, 엘레나는 그 생각의 연장선에 있기에 자연스럽게 가까워지기 싫었던 것이다.

그는 엘레나에게 상당히 미안하다고 생각한다.

'하지만 그건 내 잘못도, 네 잘못도 아니다.'

만약 그가 아힌리히트의 진심을 알아챈다면 몰라도, 그전까진 여전히 선을 긋고 살아갈 수밖에 없을 것이다.

외전 끝

떡운 장편 소설

FUSION FANTASTIC STORY

2세기 말 중국 대륙.
역사상 가장 치열했던 쟁패(爭覇)의
시기가 열린다!

중국 고대문학을 공부하던 전도형,
술 마시고 일어나니 도겸의 둘째 아들이 되었다?

조조는 아비의 원수를 갚으러 쳐들어오고
유비는 서주를 빼앗으려 기회만 노리는데……

"역시 옛사람들은 순수하다니까.
유비가 어설픈 연기로도 성공한 데는 다 이유가 있지, 암."

때로는 군자처럼, 때로는 효웅처럼!
도형이 보여주는 난세를 살아가는 법!

Book Publishing CHUNGEORAM

FUSION FANTASTIC STORY

비츄 장편소설

올 스탯
슬레이어

강해지고 싶은 자, 스탯을 올려라!
『올 스탯 슬레이어』

갑작스런 몬스터의 출현으로 급변한 세계.
그리고 등장한 슬레이어.

[유현석 님은 슬레이어로 선택되었습니다.]

"미친… 내가 아직도 꿈을 꾸나?"

권태로움에 빠져 있던 그가…

"뭐냐 너?"
"글쎄. 나도 예상은 못했는데, 한 방에 죽네."

슬레이어로 각성하다!

Book Publishing CHUNGEORAM

유행이 아닌 자유추구 -
WWW.chungeoram.com